울지마요
어디로
가나

해설이 있는 시집

오키나와여 어디로 가나

야마노구치 바쿠 시선

조문주 편역

좋은책

───────────────────

야마노구치 바쿠를 처음 알게 된 것은 일본의 선주민 문학에 관한 글을 쓰면서였다.

야마노구치 바쿠는 류큐(오키나와의 옛 이름) 출신이라는 것만으로 차별받던 시대에 자신만의 독특한 세계를 구축한 시인이다.

오키나와에서 배운 오키나와 식 일본어로 써내려간 바쿠의 시는 처음 읽었을 때 묘한 느낌을 주었다. 어려운 말은 하나도 없지만 깊이 생각하게 만드는 시였고, 그때까지 읽었던 일본 근대시와는 달랐다. 시를 읽는다기보다 평범하지 않은 인생 이야기를 듣고 있는 것 같았다.

계속 머릿속을 맴도는 야마노구치 바쿠의 인생과 시에 매료되어 번역을 시작했다. 시대 상황과 바쿠의 삶을 이해하는 데 도움이 되도록 해설을 덧붙이는 작업도 했다.

야마노구치 바쿠의 시집은 총 4권이 출간되었다. 첫 시집인『思辨の苑』은 1939년에, 두 번째 시집인『山之口貘詩集』은 1940년에 출판되었다. 세 번째 시집인『定本山之口貘詩集』(1958년)은 이 두 권을 다시 엮은 것이다. 바쿠의 유고 시집인『鮪に鰯』(1964년)는 바쿠가 세상을 떠난 다음 해에 지인들의 도움으로 출판되었다.

2015년에 펴낸 『해설이 있는 시집, 잘난 척하는 것 같습니다만 나는 가난뱅이랍니다』는 국내에 소개되지 않은 『定本山之口貘詩集』을 편역, 해설한 것이다. 다시 일 년 만에 야마노구치 바쿠의 유고 시집을 소개하게 되니, 이로써 야마노구치 바쿠의 시 전편을 편역, 해설하는 셈이다.

　강의실에서 만나는 젊은이들에게 야마노구치 바쿠의 인생을 들려주고 싶어 시작한 일이라, 나에게는 특별한 의미를 지니는 작업이 되었다. 자칭 '오포 세대'라 일컫는 그들에게, 시대의 억압과 사회의 부조리 앞에서 가난한 현실을 견디며 '자신'을 잃지 않고 살았던 원조 오포세대의 삶을 들려주고 싶었다. 야마노구치 바쿠는 연애, 결혼, 출산, 취업, 내 집 마련까지 아무것도 꿈꿀 수 없었던 오키나와 출신의 방랑자였으니 원조라 할 수 있지 않겠는가.

　야마노구치 바쿠의 시에는 가족, 빈곤, 방랑 등을 주제로 한 작품이 많다. 그의 시에는 편견에 노출된 오키나와 사람의 미묘한 의식이 드러나 있지만, 암울하지 않고 무사태평하며 때로는 유머가 넘친다. 야마노구치 바쿠는 천성이 자유인이었다. 구속당하는 것을 싫어하고, 차별과 전쟁에 반대하는 용기도 가지고 있었다.

소설가 사토 하루오는 바쿠의 시를 '나뭇가지를 울리고 지나가는 바람처럼 자연스럽다'고 평했다. 반전 시인인 가네코 미쓰하루는 '야마노구치 바쿠는 일급 시인, 그래서 그의 시는 일류 시', '일본의 진짜 시는 야마노구치 바쿠 같은 사람들에게서 시작된다'고 했다. 일본 포크 송의 살아있는 전설이라 불렸던 다카다 와타루는 야마노구치 바쿠의 시에 곡을 붙여 '바쿠'라는 앨범을 만들었다.

그의 시가 이렇게 사랑받고 있는 이유는 자신의 마음을 솔직하게 노래하고, 삶의 애환을 숨기지 않고 드러내고 있기 때문이 아닐까?

야마노구치 바쿠의 시는 가난한 생활을 담고 있지만, 우울하지 않고 어둡지 않아서 지친 삶에 위로가 된다. 그리고 어렵지 않아서 어깨에 힘을 빼고 조용히 읽을 수 있다. 세상살이에 지친 여러분께 '가난의 시인' 야마노구치 바쿠의 시를 권해 드린다.

끝으로 책을 읽고 쓰는 작업을 계속할 수 있도록 도와주는 가족과, '일본 어문학 공부방', '좋은 사람 모임' 식구들에게 감사의 인사를 전한다.

2016 봄

조문주

오키나와여 어디로 가나

야마노구치 바쿠의 시집들

『思辨の苑』 1938년

『山之口貘詩集』 1940년

『定本山之口貘詩集』 1958년

『鮪に鰯』 1964년

편역자 주

이 시집은 1964년에 초판 출판된 야마노구치 바쿠의 유고시집 『鮪に鰯』의 시를 편역, 해설한 것이다.

시집에는 『鮪に鰯』에 수록된 총 127편의 시가 소개되어 있다. 야마노구치 바쿠의 시 세계를 이해하기 쉽도록 장을 나누어 배열하였다. 시 아래의 연도는 시가 처음 발표된 시기(初出)로 창작 시기와는 관계가 없다. 초출이 없는 것은 『鮪に鰯』에 처음 발표된 것이다. 시의 원어 제목은 현대 가나 철자법을 따르지 않고 원제를 그대로 옮겼다. 일본어에는 띄어쓰기가 없다. 시에 나오는 가운뎃점은 행을 바꾸지 않고 띄어 쓴 작가의 의도를 반영하기 위한 것이다.

목 차

3장　시인, 야마노구치 바쿠

5장 반전反戦・반핵反核

8장　동경 생활

1장

딸, 미미코

툇마루 볕 쬐기　縁側のひなた

나이를 물어보면 조그만 그 손가락을
가만히 네 개 내밀고
입은 없구나 하면
입술을 삐죽 내밀며
네 개 하고
무릎 위로 올라와
아빠 흰머리 뽑을 거야 라고 한다
어느새 이 아빠도
흰머리라고 부르는 하얀 것을
머리 이쪽저쪽에 심어 두고는 있지만
미미코가 고작 네 개라고 대답해서
마흔다섯 살 아빠는 깜짝 놀랐지
흰머리는 바로 심지 않으면 안 되니까
볕을 쬐든 뭐든 해서
미미코를 시집보내는 그 날까지
하얀색만 있는 머리로 만들어 놓고
이 허리도
구부정하게 해 두지 않으면 안 되는구나

/ 1948년 8월

오사카서 미미코 아빠

무릎 위에 올라온 어린 딸이 흰 머리를 뽑고 싶다고 해서 마흔다섯 살 아빠는 당황스러워하지만, 그래도 시집 보낼 때까지 흰 머리를 잔뜩 늘리겠다는 계획을 세운다. 시인의 딸에 대한 애정이 느껴지는 시이다. 딸 미미코를 노래한 시가 15편 이상이고, 수필과 소설 속에도 딸의 이야기가 자주 등장하는 것을 보면, 바쿠는 딸에게 자상한 아버지였던 것 같다. 미미코라 불렸던 야마노구치 이즈미는 딸바보였던 아버지를 다음과 같이 회상한다.

「엄마는 자주 아버지를 '딸바보 영감'이라고 불렀다. 그것은 남보다 못한 가난한 생활 속에서도 나를 사립 초등학교에 보내고, 대학에 보낸 아버지의 방침에 대해 특히 자주 언급되었지만, 그 이외에도 꽤 빈번하게 입에 올렸다. 실제로 아버지는 누가 봐도 딸바보가 아니라고는 말할 수 없었을 거다. 아이인 내가 봐도, 내 아버지이지만 어떻게 저렇게 딸바보일까, 하고 감탄하지 않을 수 없는 장면과 자주 마주쳤다. (중략) 아버지의 딸바보 정신이 크게 나오는 것은 대체로 다른 사람에게 나에 대해서 칭찬할 때로, 상대가 장단을 맞춰준다는 생각은 조금도 하지 않고, 좋아하는 모습이 그대로 드러나는 얼굴이 되어버린다.」(「親馬鹿提灯と防毒マスク」, 山之口泉)

미미코 ミミコ

고추를 잊어버리고
태어난 아이지
그것만 엄마를 닮고
쌍꺼풀과 그 아래의
커다란 눈동자는 아빠를 닮았지
태생은 말하자면 이바라기 현과
오키나와 현의 혼혈아인 거야
윤택한 사람이 되라고
이름을 이즈미泉라고 지었건만
이웃에서 이 아이를
이즈미코 짱이라느니
이미 짱이라느니
이미코 짱이라고 불러 버리니
이즈미에게 이름을 물어보면 그 이즈미가
새침한 얼굴로
미미코라고 대답하네

/ 1948년 8월

오키나와 어머코 아빠

새침한 얼굴로 자신의 이름을 미미코라고 대답해 버리는 딸은 윤택한 사람이 되기를 바라서 이즈미라고 이름 지은 아버지의 바람을 모른다. 아이에게 주고 싶은 것, 바라는 것은 세상 어느 부모나 마찬가지다.

미미코의 독립 ミミコの独立

아빠 나막신은
신으면 안 되지
현장을 보고 말했는데
아빠 것
신는 거 아니야
아빠 달그락을 빌려서
미미코 달그락을
신는 거야, 라고 한다
이런 억지를 부리며
미미코는 자그마한 그 발로
도마 같은 나막신을 질질 끌고 갔다
봉당 한쪽 구석의
가마니 위에
빨간 끈이 달린
빨간 달그락이
호박과 나란히 기다리고 있었다

/ 1948년 8월

어린 딸의 작은 저항을 따뜻하게 지켜보고 있는 아버지의 깊은 애정이 느껴지는 시이다. 처갓집 봉당에서의 피난 생활을 노래한 이 시기의 시들 중에서 미미코가 등장하는 시는 유독 밝고 즐거워 보인다.

아내의 등에 업혀 피난 온 아기가 이제는 제법 아버지에게 말대꾸할 정도로 자랐다. 미미코라 불리는 야마노구치 이즈미는 1944년 3월에 태어났으니, 이 시를 발표했을 때는 네 살 정도였을 거다.

'도마같은 나막신을 질질 끌고 가는' 미미코를 바라보면서 시인은 무슨 생각을 했을까? 좀 과장된 '독립'이라는 표현이 딸의 성장을 기뻐하는 아버지의 심경을 강조하고 있다.

야마구치 이즈미 ヤマグチイズミ

물으면 대답하는 그 입에는
미아가 되어도 그 아이가 바로
돌아올 장치가 준비되어 있어서
이름은 하고 물어보면
야마구치 이즈미
엄마는 하고 물어보면
야마구치 시즈에
아빠는 하고 물어보면
야마구치 쥬사부로
몇 살 하고 물어보면
네 개
그런데 이 장치가 되바라져서
때로는 봉당을 향해
어이 시즈에 하고 부르고
때로는 책상 옆으로 다가와서
쥬사부로야 하고 지껄인다

/ 1948년 8월

오사해서 머리로 개나

야마노구치 바쿠는 수필 「폭군 같은 딸, 가련한 폭군과 가난한 시인関白娘,可憐なる関白と貧乏詩人」에서 딸 미미코에 대해 다음과 같이 쓰고 있다.

「폭군 같은 딸이란 개구쟁이 딸이란 말이 아니다. 우리 미미코는 절대로 개구쟁이도 버릇없는 아이도 아니다. 오히려 천진난만하고 착한 아이이다. 아빠가 아닌 '아버님'이 보증하고 싶을 정도이다. 나에게 미미코는 샛별 같은 아이이다. 가련하고 아름다운 꽃이다.」

짚 변소 藁の厠

돌 복숭아 같은
엉덩이를 드러내고
미미코는 쭈그리고 앉았는데
갑자기 발판 위를 보더니
조 이삭이야
이상하네 라고 했다
안 이상한데 조 이삭이잖아 했더니
그래도 시골 변소인데
짚인데 라고 한다
그러고 보니 주변이 다 짚인데
떨어져 있는 것은 조 이삭인 건가
주변을 둘러보는데 바로 그때
미미코가 엉덩이를 들어 올리고
찾았다 있었네 하고 가리킨다
정말 조라는 놈 하나가
짚인 척하고 섞여 있었다

/ 1948년 10월

당시 시골에서는 짚을 변소 밑바닥에 넣어 배설물이 튀는 것을 막고, 나중에 밭에 묻어 비료로 사용했다고 한다. 시골 변소에 쭈그리고 앉아있는 어린 딸과 그 딸 옆에 같이 앉아서 조 이삭을 보고 있는 바쿠의 모습을 떠올리게 하는 즐거운 시이다.

군화 編上靴

그 그림들을 돈 짱이
하나하나 가리키며 물어보면
미미코가 대답했다
이건 하면
모자
그건 하면
토끼
이건 하면
큰 북
그건 하면
병아리
이건 하면
구두
그래서 돈 짱이 미미코에게
좋아 그럼 이 구두
무슨 구두지 하니
조그만 고개를 갸웃거리다
짧은 긴 구두라고 거침없이 대답했다

/ 1949년 2월

30

미미코의 눈에 비친 '짧은 긴 구두'는 어떤 구두였을까? 2차 대전 중에 일본 육군, 특히 보병이나 공병은 미끄럼 방지를 위해 바닥에 40여 개의 징이 박혀있는 군화를 신었는데 편상화編上靴라고 불린 이 신발은 발목 위를 덮는 정도의 높이로 끈을 묶는 형태였다. 발표 당시 다섯 살인 미미코로서는 낯선 군화를 '짧은 긴 구두'로 밖에 표현할 수 없었을 것이다. 시에 등장하는 돈 짱이 누군인지 확실하지 않지만, 군화를 신은 것으로 봐서는 군인이었을 것 같다.

소용돌이 巴

네 시종은 힘들다고 하니
그럼 이렇게 하고 기다리라며
미미코는 코를 쥐고 보여준다
그래서 나는 코를 잡고
아이고 냄새야 하니
거짓말이야 미미코 거는
냄새 안 나 한다
미미코 응가라 해도 싫은데 라고 하니
엄마는 늘
와 냄새 좋다고
한다고 한다
실례되는 말을 하는 엄마다
언제나 코를 틀어막고 있는 주제에
콧소리를 내면서
와 냄새 좋다고 하니까 말이다

/ 1949년 6월

오사카 어머니

어린 딸이 볼일을 마칠 때까지 웅크리고 앉아 기다리고 있었을 바쿠의 모습이 떠올라 저절로 웃음이 난다. 어린 자식과 주고받는 이야기는 어디나 마찬가지인가보다. 딸의 사랑을 두고 아내와 겨루는 시인의 모습이 따뜻하다. 원제는 '巴'로 소용돌이라는 뜻이지만 바쿠와 아내, 미미코의 삼파전의 의미로도 이해할 수 있겠다.

부모와 자식　親子

크게 뜬 그 눈을 보면
미미코는 틀림없이
이 아빠를 닮았다
보면 볼수록
내 얼굴과
닮지 않은 것은 하나도 없는 것 같고
코도 귀도 그 하나하나가
내 얼굴 그대로인 것 같다
그런데 딱 하나
남몰래 마음 졸인 것이 있었는데
걸음걸이까지도 혹시
아빠인 나 같은 걸음걸이로
마치 쥐가 난 것처럼
미미코도 걷는 건 아닐까 하고
남몰래 걱정하고 있었다
얼마 지나지 않아 미미코는 걷기 시작했는데
아무 일도 없었다

오키나와 미미코 아빠

아장아장
손뼉 치는 소리가 들리는 쪽으로
똑바로 지구를 딛으며 나아갔다

/ 1950년 11월

걸음을 시작할 무렵의 미미코를 노래한 시이지만, 발표 당시에 미미코는 이미 일곱 살이었다. 퇴고에 퇴고를 거듭하는 것으로 유명한 야마노구치 바쿠의 모습을 엿볼 수 있다. 딸에 대한 아버지의 절절한 애정이 느껴지는 시이다.

「내가 태어나기 전에 오빠를 잃었기 때문에 아버지는 남자아이를 원했던 것 같다. '뭐야, 딸이네'라는 말을 듣고 실망했던 어머니는 나중에 아버지가 딸바보가 될 때마다 '당신은 아들이 좋다고 해놓고는' 하고 놀려대고는 즐거워했다.」(「父, 山之口貘」, 山之口泉)

술책 공개 たねあかし

이날, 일가를 이끌고
피난지에서 동경으로 옮겨와
네리마*의 쓰기다씨 집에 자리를 잡았다
미미코는 주변을 둘러보더니
두 밤 자면 또 다 같이
시골집으로
가는 거지요 하고 묻는다
나는 고개를 가로저었는데
피난 당시의 나는 정말이지
자주 철모를 덮어쓰고
두 밤을 자는 상경을 했다
미미코는 곧 정원 끝에서 돌아와
동경의 정원은 어디에도
쓰레기장 같은 곳은
없는 거냐고 했다

---

* 지명, 동경 네리마구. 주변에 자위대 네리마 주둔지가 있다.

당황하며 일어나서
시골 마당 한구석을 떠올리며
오줌 누고 싶으냐고 물었더니 바로
끄덕이고 새침한 얼굴이 된다

/ 1951년 2월

해설이 필요 없는 시이다. 읽으면 누구나 알 수 있는 쉬운 시이지만 바쿠만의 독특한 유머가 넘친다. 야마노구치 바쿠는 직업 안정소에서 퇴직하고 4개월 후에 가족을 데리고 동경으로 올라왔다. 집을 구할 형편이 아니었기 때문에, 지인인 쓰기다 씨 집의 육조 방 한 칸을 빌려 생활하게 된다. 당시의 미미코는 다섯 살이었지만, 다섯 살 여자아이에게도 체면과 자존심은 있는 거다. 소변 볼 곳을 찾아 정원을 돌아다니는 어린 미미코의 모습에 웃음이 난다.

「쓰기다 씨의 집은 세이부 이케부쿠로 선의 나카무라바시라고 하는 작은 역에서 걸어서 7분 정도인 변두리에 있었다. 그 주변이 가장 고지대여서 이끼가 자란 계단을 올라가면 정원수 사이로 안내해주는 것처럼 깨끗한 길이 현관으로 이어져 있었다.」(『父.山之口貌』, 山之口泉)

오른쪽 보고 왼쪽 보고　右を見て左を見て

미미코를
심부름 보낼 때마다
오른쪽 보고 왼쪽 보라고
주의를 시키는데
우리 집 바로 앞이 도로라서
미국인의 자동차가
빈번하게 오고 간다
도로에서 오른쪽으로 가면
샤쿠지이* 방면인데
그들 부락이 그 앞쪽에 있다고 한다
왼쪽은 메지로**를 지나
도심으로 나가는 길이다
미미코는 장바구니를 들고
언제나 그곳에 멈춰 서서
오른쪽 보고 왼쪽 보고 다시 오른쪽을 보고

---

* 동경 네리마 구의 지명.

** 동경 토시마 구의 지명

그리고 나서 그 길을
똑바로 가로질러 간다

/ 1953년 2월

아버지는 어린 딸을 심부름 보내기 전에 오른쪽, 왼쪽 잘 보고 차 조심하라고 몇 번이고 주의를 시키고, 그것도 모자라 길을 다 건너갈 때까지 지켜보고 있다. 정작 어린 딸은 꽤 신중해서, 오른쪽 보고 왼쪽 보고, 다시 오른쪽을 보고 나서야 길을 건넌다. 오키나와를 점령한 미국에 대한 반감이 작용했을까? 미국인들이 사는 마을을 '부락'으로 표현한 것도 재미있다. 부락은 역사적으로 백정, 천민들이 사는 마을을 가리키는 말로 '조선인 부락' 등의 용례로 알 수 있듯이 차별 의식을 드러내는 용어이다.

달맞이꽃에 대한 논의 月見草談義

환한 낮에는 눈을 감고
어제의 꽃도 초라하게
말라 비틀어진 가는 목을 떨구고
지금이 한밤중 같은 모습으로
해가 비치는 데도 꾸벅꾸벅
꿈에서 꿈으로 쫓아다니고 있다
이윽고 해 질 무렵이 되면 아침이 찾아온 것처럼
이슬의 기척에 잠이 깬 것인지
툭 하고 꽃망울을 터트리며 몸을 털고
몸을 털고는 툭 하고
노란 꽃망울을 터트리는데
한밤중이라도 되면 한꺼번에 깨어나서
한낮인 듯이 사는 풀이다
나는 그래서 달맞이꽃을
올빼미 같은 놈이라고 말하는데
우리 딸에게 물어보면
아빠 같은 놈이라고 한다는 군

/ 게재지 불명

40

야마노구치 바쿠의 딸 야마노구치 이즈미는 밤에 피어나는 달맞이꽃 같고 올빼미 같았던 아버지에 대해 다음과 같이 회상하고 있다.

「그런데 아버지는 대부분이라고 해도 될 정도로 집에 없었다. 내가 태어나고 아버지가 돌아가실 때까지 19년 동안 실제로 아버지를 보거나 이야기한 것은 어느 정도였을까? 그렇다고 특별히 떨어져 산 것도 아니다. 게다가 아버지는 외박도 거의 하지 않았다. 그런데도 내가 아버지와 얼굴을 마주친 횟수는 회사만 아는 아버지의 자식들만큼 적었다. 아침에 나는 아버지의 자는 얼굴에 대고 다녀오겠다고 인사를 하고 학교로 갔고 아버지는 다음 날 새벽 나의 잠자는 얼굴에 대고 갔다 왔다고 말했다. 낮 동안 나는 당연히 학교에 있었지만, 아버지는 무엇을 했을까? 직장도 없고 사무실도 없는데 아버지는 매일 정오 전에 집을 나서 이케부쿠로에 갔던 거다. 이케부쿠로의 동쪽 출구 쪽에 있는 단골 찻집 한구석에서 아버지는 마치 뭔가를 기다리는 연극 속의 인물처럼 조용히 날이 저물 때까지 시간을 보냈다. 그러다 밤이 오면 살아나서 이번에는 서쪽 출구 쪽에 있는 술집으로 옮겨가서, 지인, 친구들과 함께 마시기 시작하는 거다」(「詩人＝人間の一変種＝父」, 山之口泉)

복사꽃 桃の花

고향은 어디냐고
친구가 물어서
미미코는 대답하기 어려웠다고 한다
어려울 것 없잖아
오키나와잖아 했더니
오키나와는 아빠의 고향이고
이바라기가 엄마의 고향이고
미미코는 동경이라 전부 다르다고 한다
그래서 뭐라고 대답했냐고 물었더니
아빠는 오키나와고
엄마는 이바라기고
미미코는 동경이라 했다고 한다
한 대 물고
슬쩍 밖으로 나가니
복사꽃이 피어 있다

/ 1963년 2월

오키나와 어머니 까바

야마노구치 바쿠의 시는 어려운 말이나 비유가 적어서 이해하기 쉬운 편인데, 이 시처럼 마지막에 분위기가 바뀌는 시도 있다. 마지막 세 줄은 바쿠의 심경을 노래한 것으로 그 마음이 어땠을지 짐작이 된다. 이 시는 딸에 대해 노래한 다른 시와는 분위기가 다르다. 미미코가 등장하는 시는 따뜻하고 밝고 아름답게 그려지는데, 이 시에는 조금 복잡한 그림자가 드리워져 있는 것 같다. 시인은 아빠와 엄마와 자신의 고향은 다 다르다고 대답했다는 어린 딸의 말을 그냥 그대로 받아들이지 못하고 담배를 찾는다. 그런 시인의 모습에서 그의 삶에 드리워진 오키나와의 무게가 느껴진다. 이 시에 대해 노래한 쓰지 유키오(辻征夫,1923-2000)의 시 「복사꽃」을 소개한다.

한 대 물고/ 슬쩍 밖으로 나가니/ 복사꽃이 피어있다/ 고/ 야마노구치 바쿠는 썼다/ 고향은 어디냐고/ 친구가 물어서/ 미미코가 곤란했을 때의 일이다// 곤란한 일/ 없지 않으냐고/ 바쿠 선생님/ 현관문 열기 전에/ 구두를 신으면서 생각한다/ 설령 고향이 어디든/ 미미코는 미미코/ 나는 나/ 그거면 충분히/ 이 세계는 성립된 거야/ 그 증거로/ 피어있어다오 복사꽃이여! // 약간/ 고개를 갸우뚱하지 않을 수 없는/ 논리지만/ 복사꽃은 멋지게 피어 있었다고/ 야마노구치 바쿠의 시가 증명한다/(1974)

2장

남편과 아내

갈림길 曲り角

낳아라
번식하라고 하는 시대에 맞게
국책을 따랐다고 아내는 말한다
먹는 것을 보더라도
좋아하는 겨자는 당분간 안 먹겠다고 하고
작은 생선은 뼈째 먹어버린다
아내가 하는 말
하는 행동에는
사적인 맛이 없어지고
배만 두드러져 보인다
어느 날
나는 보고 있었다
벚나무가 서 있는 갈림길에서
커다란 배가 나타났다
물론 한눈에 그것이
낳으라 번식하라는 훌륭한 국책이란 건 알았지만
아내의 모습이라고 알게 된 것은
잠시 지나고 나서 같은데

배보다 늦게 슬픈 듯이
숨을 헐떡이며 나타난
그 눈
그 코를
보고 알았다

/ 1942년 6월

초출은 소화 17년(1942) 6월호 『신제작』이지만, 일본 정부의 국책에 협력하는 잡지인
『국민시』에도 발표되었다(1943년 3월). 당시는 영어 잡지명이 금지되고, 대동아 문학자 결
전 회의가 결성되는 등 문화 통제가 심해지기 시작했던 시기였다. 시에 등장하는 '낳아
라, 번식하라'는 매년 100만 명 이상 증가하던 인구가 1938년에 갑자기 30만 명으로 감
소하자 군인의 수가 줄어들 것을 걱정한 일본 정부가 내건 슬로건이었다. 야마노구치
바쿠는 자신의 스타일을 버리지 않고 그런 시대와 자신의 생활을 슬픈 '웃음'으로 관철
한다. 바쿠의 장녀 미미코가 탄생한 것은 1943년 3월이니, 아내의 배 속에 있는 아기는
1941년 6월에 태어나 다음 해 7월에 사망한 장남 시게야일 것이다.

또 시작되었다 またはじまった

그들은 내 주위를
매우 시끄럽게 날아다녔다
나는 분을 못 이겨
펜을 그곳에 두고
그들을 하나하나
손바닥으로 때려잡고
혹은 툇마루 위에 때려눕혔다
그들은 모기이고
말벌이고 파리였고
풍뎅이였고 혹은 투구벌레였다
어느 날
한 마리의 투구벌레가
전기스탠드 갓 위에 달라붙었다
나는 펜을 놓고
투구벌레의 머리를 잡아서
그대로 툇마루로 뛰어나갔다
그러자 쓸데없는 말을 하는
아내가 또 시작되었군 하고 말했다

/ 1946년 1월

시의 제목처럼 또 시작되었다. 아내의 선소리도 시작되었고, 남편의 특이한 행동도 시작되었다. 바쿠는 유달리 벌레를 싫어해 벌레를 잡는 족족 불에 태우는 특이한 습관을 지니고 있어, 가족들이 질색했다고 한다.

「아버지의 버릇은 대체로 참을 수 있었지만, 그중에는 도저히 좋아할 수 없는 것도 있었다. 그 하나는 벌레를 화장火葬하는 것인데, 싫어서 견딜 수 없었다. 우리가 살고 있을 무렵의 네리마 부근은 아직 시골 같은 곳이어서 나무가 많은 쓰기다 씨 정원에는 많은 벌레가 살았고, 모여들었다. 벌레들이 활동하는 여름밤에는 문을 열어둔 마루로 들어와서 우리 집에서 유일하게 밝았던 아버지 책상 위 낡은 스탠드 불빛으로 잇달아 날아들었다. (중략) 혐오감을 주는 종류의 벌레들은 불쌍하게도 그 자리에서 아버지의 핀셋에 들려 라이터 불로 지져지는 거다. 화형 순간의 역한 냄새도 냄새지만, 살아있는 벌레를 태워버리는 잔혹함에 나는 매년 항의했지만, 벌레가 못 오도록 하는 방법도 찾지 못한 채, 횟수는 줄었지만, 아버지의 화형은 완전히 멈추지 않았다. 」(『変わりもん、その性癖』, 山之口泉)

순무 절임 蕪の新香

본 적이 있는 얼굴이라고 생각했는데
세리타입니다 해서 기억이 났다
그는 일전에 원고를 재촉하러
우리 집에 찾아 왔었다
우리 집은 공교롭게도
아무것도 없는 날만 계속되어서
손님이 올 때마다 부부는 당황했다
그래도 차 대신에 하며
끊인 물도 권하고
다과 대신으로
순무 절임을 내놓았다
그는 그러나 손도 대지 않았다
정말 못 본 척하는 것처럼
그곳에서 꼿꼿하게 앉아 있었다
다리를 펴고 편하게 앉으라고 하니
이게 편합니다 라며 꿇어앉아 있는 거다
순무 절임은 싫어하느냐고 물어보니
끄덕하는데 순박함이 묻어났다

오니시보다 먼지도 ○○

오늘 시내에서
그를 만난 이야기를 선물로 들고 가
세리타 군을 만났다고 아내에게 이야기했더니
아내에게 바로 통하지는 않았다
순무 절임을 싫어한 하고 말하니
아아 그 세리타 군 하고 고개를 끄덕였다

/ 1954년 3월

　　손님이 왔는데 집에 있는 것은 아무것도 없으니 당황할 수밖에 없다. 아내가 내놓은 것은 끓인 물과 소금에 절인 순무뿐이다. 지역에 따라서는 차를 내놓을 때 집에서 담은 절임 음식을 내놓는 예도 있지만, 맹물에 순무 절임이니 그야말로 손님 접대가 소홀한 셈이다. 불편한 주인장의 심정을 아는지 모르는지 이 손님은 아무것에도 손을 대지 않는다. 참으로 난감한 순간 순무를 싫어한다는 솔직한 대답에 부부는 마음을 놓는다. 대접할 것이 순무 절임뿐인 집에 찾아온 순무를 싫어하는 손님이니 기억에 남을 수밖에 없는 것이다.

송년의 시 年越の詩（うた）

시인의 시세가
바로 가난이라고 나온다
유감스럽게도 나도 돈이 없어 쩔쩔매니
그 점에서 시인의 자격이 있고
곳곳에서 돈을 빌리며
전당포에 드나들기도 한다
쓰는 시도 빚에 대한 시이니
시인으로 치자면 마치
가난과 빚과
전당포 시의 전문가 같은
시인인 셈이다
나는 이런 나의 모습을 떠올리며
불이 없는 화로에 손을 쬐다가
올해는 이게
마지막이라고 중얼거리며
보따리를 집는데
마지막 창피라고 말하며 아내가 거들어 준다

/ 1954년 12월 29일

오사카여 야마모또

가난한 시인의 감성이 살아있는 재미있으면서 슬픈 시이다. 이렇게 가난한데도 시는 어둡지 않고 묘하게 밝은 느낌을 준다. 만약에 시에 '가난', '빚', '전당포'와 관련된 분야가 있다면 야마노구치 바쿠는 자신의 말대로 최고의 전문가가 되었을 것이다. 일 년 내내 전당포를 드나들다 보니 연말이 되니 남아있는 물건이 없다. 결국 '화로'를 들고 나가려는 남편을 어이없어하면서도 거드는 아내. 이쯤 되면 아내도 '가난'과 '전당포' 전문가라 할 수 있겠다.

「학교에서 급식비 봉투를 가지고 온다. 그러면 아버지가 천천히 일어나 외출 준비를 한다. 엄마는 소리를 내며 장롱을 열고 명인처럼 적당한 것 두세 벌을 골라 보자기에 싼다. 그것을 가볍게 손에 쥐고 게타 소리를 내며 역으로 나가는데, 행선지는 목욕탕 맞은편의 전당포이다.」(『ぶつくさ母さんの誕生』, 山之口泉)

돌과 참새　石に雀

펜을 집어 던진 게
새벽녘인데
설핏 잠들었다 싶으면
지렛대를 움직이는 놈이 있어
언제까지 잘 거예요
일어나는 게 어때요
안 일어날 거예요 라고 한다
몇 시야
하고 돌아누우면
몇 시든 뭐든 뭔 상관이에요
대낮인데 언제까지
드러누워 있을 거예요 라고 한다
비가 오나
하고 또 돌아누우면
날이 화창한데
잠꼬대하지 마세요 라고 한다
비 오는 소리가 나잖아
비 오는 거 아닌가

오체배려 어미도 개배

하고 무거운 머리를 들어보니
아내는 빗자루질하던 손을 멈추고
함석지붕에서 나는 소리에 귀를 기울이더니
발걸음 소리네요
참새의, 하며 받아쳤다

/ 1958년 4월

이 시는 특별한 해석이 필요 없다. 읽으면 티격태격하는 부부의 모습이 떠오르고, 함
석지붕에서 나는 참새 발걸음 소리가 귀에 들리는 것 같지 않은가? 시인은 어려운 단어
하나 없이 독특한 리듬과 유머만으로 서민의 일상을 이렇게 멋지게 시로 만들어 낸다.

주정꾼의 이야기　醉漢談義

나에게 딴 여자가 있다니

그건 금시초문이라고 하니

그렇잖아 그래서 매일 밤

집에 늦게 오는 거 아니냐고 한다

한잔하고 술에 취해

늦게 온 건데

없는데 있다고 탐색하니

화가 치밀어오르고

손해를 보고 있는 것 같다

/ 1960년 4월

「지금 생각하면 엄마는 당시 노이로제 비슷한 상태였을지도 모르겠다. 천성적으로 불평불만이 많은 사람이기는 했지만, 그 당시 엄마의 모습은 어딘지 모르게 보통과 달랐다. 잔소리가 심해진 계기는 아버지가 바람을 피우고 있다고 생각한 것이었지만 그것 말고 다른 이유도 많았을 것이 틀림없다.」(『父の変化』, 山之口泉』)

로맨스 그레이 ろまんす・ぐれい

라디오 가게 아저씨가 가고 난 뒤에
내 얼굴을 보고
미미코가 말했다
우리 집 것치고는 특제품인데
완전히 새것을 산 거는
라디오가 처음이지요
그러자 옆에서
마누라가 말했다
아빠는 뭐든지 오래된 걸 좋아해서
책상도 고물이고 책장도 고물이야
전기스토브든 뭐든
고물상 물건을 좋아해
그런데 내 입장에서는
쓸데없는 일을 한 기억이 없어서
쓸데없는 소리 하지 마 하고 말했다

/ 1960년 10월

머리를 감싸 쥔 우주인 　頭をかかえる宇宙人

푸르스름하고 둥근 지구를
멀리 눈 아래로 내려보면서
화성이나 달에라도 살아서
우주를 살아가게 되었다고 해도 말이야
언제까지나 빈털터리인
위장 달린 우주인이어서는
당장에라도 누가 문을 열고
쌀집입니다, 할 거란 말이지
그러면 아내는 또 당황해서
쌀집인데 어떡할까요, 할 거야
그러면 나도 또 나여서
어쩌긴 뭘 어째
배급인 거 아니야, 할 거란 말이지
그러면 아내가 또 뿔이 나서
배급이 아니냐니 그런 게 어딨어
언제까지나 변변치 못한
빈털터리잖아, 할 거야

오사카 머리로 가바

그러면 나는 또 그만
화를 벌컥 내고 마누라를 노려본다 해도 말이지
지구 위에서 늘 있던 일이라
달 위에 있어 봤자
머리를 감싸 쥘 수밖에 없을 거라고

/ 1961년 6월

아내라면 말하지 않아도 남편의 사정을 잘 알 텐데 돈이 없는 걸 뻔히 알면서도 번번이 "자, 어떻게 할까요"하고 자신에게 물어보니, 시인은 머리를 감싸 쥘 수밖에 없다. 이 시는 1961년 4월에 세계 최초로 우주 비행에 성공한 소련 우주 비행사 유리 가가린의 뉴스를 듣고 만든 시이다. 시인은 우주에서 살더라도, 우주인이 되더라도 가난하게 사는 건 변하지 않을 거라고 노래한다. 일상에서 부인과 주고받는 대화를 편하게 옮긴 것 같은 시이지만 완성할 때까지 사용한 원고지가 191장이나 된다고 한다. 퇴고에 퇴고를 거듭하는 바쿠의 창작 태도를 엿볼 수 있다.

그의 부인 かれの奥さん

담배를 피우면 필 때마다
너무 많이 핀다느니 뭐니
당장에라도 폐암에
걸릴 것처럼 말하고
술을 마시면 마실 때마다
너무 많이 마신다느니 뭐니
바로 위궤양이나 위암으로
죽을 일만 남은 것처럼 말하고
집에 들어가는 게 늦어지면
너무 늦게 다닌다느니 뭐니 하고 시작해서
숨겨놓은 여자가 있을 거라며 악을 쓰고
편안한 잠을 방해한다는 거야
그래서 그는 어젯밤에도 또
두들겨 팼다고 하는데
남편의 행동은 놔두고 말이야
정말 비슷한 부인도 있으니
우리 집만 그런 게 아닌 모양이야

/ 1961년 12월

「내가 초등학교에 들어가기 전까지는 아직 두 사람의 싸움은 칼로 물 벤다고 말하는 정도에 지나지 않았다. 그것을 싸움이라고 부를 수 있을지 어쩔지도 모르겠다. 달려드는 것은 언제나 엄마 쪽으로, 언짢아지지 않는 한 아버지는 화도 내지 않고 엄마의 잔소리를 듣고 있었다. 엄마는 할 수 있는 모든 잔소리를 하고 아버지가 자기를 생각해주지 않는다고 화를 내고, 이럴 바에는 차라리 결혼하지 않는 게 나았다고 울음을 터트리고, 마지막에는 아버지의 위로를 받고 코를 풀고 끝내게 된다. 결혼하고 12, 3년이 지난 두 사람이지만 이때까지는 그래도 행복한 부부였다고 할 수 있지 않을까. 엄마의 불평하는 '취미'가 현저해진 것은 내가 초등학교에 들어가고 나서부터이다.」(『ぶつくさ母さんの誕生』, 山之口泉)

설날 풍경　元旦の風景

설날 3일간은 어디서나
아침에는 떡국을
먹는 거고
관습인 거 아니겠어요
아내는 그렇게 말하면서
떡국인가 뭔가 하는
관습을 먹고 있다
나는 아무 말 없이
된장국을 한 그릇 더 먹었는데
설날이고 관습이고 따질 것 없이
된장국이 빠진 아침밥은
먹은 것 같은
기분이 들지 않는 거다

/ 1962년 1월

아내는 설날 아침에 누구나 먹는 떡국을 먹지 않는 남편이 마음에 들지 않는다. 그 마음을 아는지 모르는지 남편은 떡국과 설날 음식보다 미소시루(된장국)가 더 좋다. 신도 神道와 관련 있는 일본의 설날과 달리, 고유의 종교가 있었던 오키나와에서는 설날 3일 간 떡국을 먹는 관습이 없었다. 대신에 오키나와 사람들은 '이나무두치'라고 하는 돼지고 기와 채소, 두부 등이 들어간 된장국이나 '오키하무'라 부르는 돼지 내장이 들어간 국을 먹었다.

어느 가정 ある家庭

또다시 아내가 말했다
라디오도 없고 텔레비전도 없어
전기스토브도 전화도 없어
믹서도 없고 냉장고도 없어
이런 집은 요즘 어디에도
없을 거야 하고 아내가 말했다
남편은 입을 다물고
주변을 둘러보는 데
이런 집이라도 아내가 문화적이니
없는 것을 대신해서
그런대로 사는 거다

/ 1962년 3월

오까세에 여미도깨바

야마노구치 바쿠의 시에는 남편에게 불평불만을 늘어놓는 아내의 모습이 자주 등장한다. 시 속의 남편은 아내에게 꼼짝 못 하는 공처가이다. 그러나 아내가 화를 낼 걸 알면서도 이런 이야기를 시로 적으니 어떻게 보면 아주 간 큰 남편이기도 하다. 이 시가 묘사한 '그런대로 사는' 가난한 생활에 대해 딸인 야마노구치 이즈미는 강연에서 다음과 같이 말했다.

「우리 세 사람은 가난한 생활을 하고 있었지만, 아버지는 가난이 아무렇지 않은 것은 아니었고, 어머니는 가난을 매우 싫어했습니다. 저는 다행히도 부모님이 지켜주어서 가난하지만 가난하지 않은 생활을 한 것 같습니다. 맛있는 것을 먼저 먹는 것도 저, 좋은 것을 먼저 갖는 것도 저, 그런 식으로 아버지와 어머니는 저를 언제나 먼저 생각해 주었습니다. 그래서 나도 부모님이 무엇을 주시면 3등분 해서 "셋이 똑같네" 하고 나누었습니다.」 (강연 「父·山之口貘」)

3장

시인, 야마노구치 바쿠

살아가는 앞날 生きる先々

나에게는 꼭 시가 필요하다
슬퍼져도 시가 필요하고
외로울 때 시가 없으면
더 외로워질 뿐이다
배고플 때도 시를 적었고
결혼하고 싶었던 그때도
결혼하고 싶다는 시가 있었다
결혼하고 나서도 몇 개인가 결혼에 대한 시가 생겼다
생각해보니 이것도 시인의 생활인 거다
내가 살아가는 앞날에는
시가 필요할 것 같은 일뿐이고
아내도 그곳에 있어
제대로 시의 맛을 안 것인지
요즘은 시큼한 것만 즐겨 먹고
나에게 시 하나를 졸라댄다
아이가 생긴다면 하나 더
아이가 생긴 시를 하나

/ 1941년 1월

이제 곧 아이가 태어나는 것을 기뻐하는 시이다. 내가 살아가는 앞날에는 시가 필요하다고 시인은 노래한다. 시인의 삶은 느긋하다. 서두르지도 않고, 초조해 하지 않는다. 생활이 있고, 자신에게 꼭 필요한 '시'가 있기 때문이다. 발표 당시, 바쿠는 39세로 결혼 4년 차였다. 이처럼 야마노구치 바쿠의 시는 자신의 생활을 그대로 반영한다. '하나부터 열까지 나를 많이 닮은 시(「추억」)라고 노래했듯이 시는 그의 삶을 여실히 보여주고 있다.

하늘에서 내려온 말　天から降りて来た言葉

지껄이는 나의 이 말투가
내 시와 똑같다고 한다
그래서 나는
또 지껄인다
아무튼 나도 시인이니
지껄이는 것만이 내 시를 닮은 건 아니다
밥 먹는 법
웃는 모습
사고방식
사랑하는 방식
똥 누는 방법까지
전부 다 나의 시인 거다
그래서 나의
시는 생각한다
언제 다시 하늘로 올라가는 걸까 이런 땅바닥에 내려온
문어체들로서도
그들이 시가 되기까지는 아무래도
한 사람 정도의 시인은 필요할 거야

점점 거세게 출렁이는 문명들의 소리에 뒤섞여
이로구나 라든가
이로다 라든가 하는
그 문어체들을 일상어로
생활할 수 있는 시인이 한 사람 말이야

/ 1941년 9월

야마노구치 바쿠의 시는 일본어와 오키나와 말, 문어체와 구어체의 격투 속에서 연마되고 성장해왔다. 바쿠는 한 편의 시를 완성하는데 몇백 장의 원고지를 사용하는 노력을 하며 '일상어'로 쓰는 새로운 시의 형태를 추구했다. 바쿠의 시는 그야말로 새로운 일상어로 표현한 '하늘에서 내려온 말'이었다. 벗이자 후원자였던 가네코 미쓰하루金子光晴는 바쿠의 시에 대해 '문어와 전혀 상관없는 새로운 일본어의 어감은 바쿠 씨의 시부터라고 나는 생각한다. 오히려 일본인은 하지 못 한 일을 바쿠 씨가 한 것이다'(「貘さんのこと」)라고 평했으며, 오에 겐자부로大江源三郎는 바쿠의 문학적 달성을 오키나와 특유의 리듬감에서 온 것으로 파악했다(좌담회, 「沖縄学の今日的課題」).

형의 편지 兄貴の手紙

큰 시를 적어라
큰 시를
신변잡기는 신물이 난다고 했다
나는 좋아서 작은 시와
신변잡기의 시를
적는 건 아니건만
나의 시여
들리는가
룸펜 출신의 슬픈 시여
자신이 입을 양복 한 벌도 사지 못하고
월급 육십오 엔인 쩨쩨한 시여
벤텐쵸弁天町 아파트의 두 평짜리 방에 죽치고 앉아
소리에 솟아올라서는
어쩔 줄 모르며
먼지처럼 살고 있는 시여
형의 편지가 말하는 게 들리는가
큰 시가 되어라
큰 시가

/ 1943년 4월

72 오마샤리 어미쓰 기바

형은 큰 시를 쓰라고 말하지만, 시인은 자신의 작은 시를 그만둘 생각이 없다. 그래서 그냥 조그맣게 중얼거릴 뿐이다. '슬프고 쩨쩨한 나의 시여, 큰 시가 되어라'고. 벤텐쵸의 아파트는 1937년에 결혼하면서 신혼생활을 시작한 곳이다. 육십오 엔은 단순 환산으로 지금의 삼만육천 엔 정도이니, 처자가 있는 바쿠로서는 생활을 꾸려나가기 어려운 금액이었을 것이다. 전쟁 중에 쓴 작품인 걸 생각하면 형이 말하는 '큰 시'는 당시의 시류였던 '전쟁 협력시'가 아닌가 싶다. 바쿠의 시에 등장하는 형은 10살 연상의 큰 형 시게노부이다. 오키나와 화단에서 꽤 비중이 있던 화가로, 바쿠의 첫 시집에 표지그림을 그려 주었다. 바쿠는 수필 「형의 수험兄の受驗」(1956년)을 통해 1945년 10월에 영양실조로 세상을 떠난 큰형을 다음과 같이 회상하고 있다.

「형은 나보다 먼저 오키나와를 나와 오사카의 소학교에서 근무했다. 나는 대정 11년 가을에 상경해 서로 10년 정도를 소식 없이 지냈는데 우연한 계기로 형 부부가 상경했다. 그때 이야기 끝에 생각이 나서 시험은 어떻게 되었냐고 물었다. 형은 훈도訓導 선생으로도 있을 수 없게 되고, 언제까지나 단청협회의 화가로도 있을 수 없게 되어 중앙 화단에 진출할 꿈과 중학교 교사자격을 취득할 꿈을 안고 오키나와를 나왔기 때문이다. (중략) 패전 직후 형은 영양실조로 죽어 버렸다. 나는 오사카까지 갔지만, 임종을 보지 못했다. 유작이 된 그림은 단청협회 시대를 벗어나지 못했지만, 그로부터 얼마 안 있어 중등교원 자격을 딴 것을 생각하면 형을 괴롭힌 것 같아 뭐라 말할 수 없이 미안하다.」

코의 한 장면 鼻の一幕

예전에 너는 보고 말했지
만약 자신이 저런 식으로
코가 없어진다면
살지는 않겠다고 너는 말했지

살지는 않겠다고 너는 말했지만
자신의 코가 떨어져 나가니
놀랍게도 너는 이렇게 말했지
목숨이 붙어 있으면 행복한 거야

목숨이 있으면 행복하다고
너는 말했지만 그래도
냄새는 맡을 수 있는 건지
코가 있는 자들이 하는 것처럼
이 세상을 냄새 맡고 고개를 갸웃거리고 하는구나

아무래도 네가 나설 차례인 거야
정말이지 바람과 헷갈리게

오사카의 아미노 개바

너는 얼굴에 가면을 쓰고
살아남은 목숨을 꽉 껴안으며
코가 있는 사람처럼 등장했지만
분위기에 말린 걸까 그 가면을 벗고
여우의 색깔인지
너구리의 색깔인지
코의 폐허를 드러내고
패전국의 냄새를 맡는구나

/ 1947년 1월

야마노구치 바쿠의 시 중에서 특이한 부류에 속하는 작품으로, 우화를 읽는 것 같은 느낌을 준다. 바쿠의 시에는 코가 자주 등장한다. 오키나와 출신 시인인 타카라벤(高良勉, 1947~)은 바쿠가 자신의 신체 중에서 비교적 코를 좋아한 것 같다고 평했다. 시 속에서 코는 문명 비판의 소재가 되기도 하고, 전쟁 이야기가 되기도 한다. 예상하지 않았던 형태로 전쟁이 끝났고, 일본은 폐허가 되었다. 바쿠의 고향인 오키나와도 1946년에 미군령이 되었다. 지금까지와는 다른 새로운 1막은 시작되어 버렸고, 패전국 일본도, 일본인도, 고향을 잃은 시인도 어떤 모습으로든 살아남은 것은 행복한 거라고 자기에게 되뇌며 살아 있을 수밖에 없다.

작가　作者

칭찬해 보고
깎아내려 보는
세상의 비평을 덮어쓸 때마다
너는 저울질을 즐겼다
저쪽의 비평과
이쪽의 작품을

/ 1947년 5월

첫 시집 『思弁の苑』을 출판한 후에도 시인 야마노구치 바쿠는 대중에게 관심을 받지 못했다. 바쿠의 시는 전쟁이 끝난 뒤, 오키나와 출신이라는 것과 빈곤한 생활이라는 이색적인 배경 때문에 알려지기 시작했고, 그의 시 세계에 대한 본격적인 평가는 사망한 후에야 이루어졌다. 바쿠의 시는 세상이 부여해 준 '가난 시인'이라는 평가에 어울리는, 안락함과는 거리가 먼 생활에서 탄생한 시였다. 야마노구치 바쿠는 왜 시를 적느냐는 질문에 '시를 쓰는 것은 정신의 밸런스를 유지하는 것'이라고 대답했다. 그리고 시인으로서의 행복은 '설령 시를 쓸 자격이 없더라도 시를 쓰지 않고는 견딜 수 없다는 것'이라고 했다. (『詩とは何か』)

김 湯気

희끄무레한 것이
언제
이런 곳까지
섞여들어 온 거지
사타구니를 들여다보고 문득 생각했다
다 씻고 나서 한 번 더 들여다보니
숨어 있는 것은 정말로
하얀 털이다
나는 모르는 척하고
천천히 다시
탕에 몸을 담그고
목만 남기고
눈을 감았다

/ 1948년 8월

아침에 얼굴을 씻고 거울을 보면 흰 머리가 눈에 들어올 때가 있다. 나도 확실히, 착실하게, 아마 다른 사람과 비슷한 속도로 나이 들어가고 있는 거구나. 그런 생각이 들 때 이 시를 떠올리고 야마노구치 바쿠처럼 눈을 감는다. 편안하게 나이 드는 모습을 생각하게 하는 작품이다.

어떤 의사 　ある医師

긴자에서 갑자기
말을 걸더니
차를 사주고
궐련을 권해줘서
이쪽이 너무 송구스러웠는데
이번에는 명함을
내밀었다
필요하면 꼭 오라고 한다
쳐다보니 명함에는
의사라고 적혀 있다
나는 은밀히 그의
의전 시절을 알고 있었다
몇 번이고 낙제를 했는데
이제 그런 걱정도 없어졌는지
의사는 너무나 활기차게
그곳에 사회를
뭉쳐놓은 것처럼

이제 막 자라난
콧수염을 달고 있었다

/ 1949년 2월

기르기 시작한 콧수염을 달고 시에 등장한 의사는 당시 40대 중반이었던 바쿠보다
는 훨씬 어렸을 것으로 생각된다. 수염이 유행했던 명치 시대와 달리 1930~40년대에는
스님, 한학자, 문학자, 교사, 의사 등 일부 직업의 사람들만 수염을 길렀다. 바쿠가 지인
의 수염에서 사회의 논리를 느낀 것은 그래서일 것이다. 활기찬 모습의 의사를 바라보는
가난한 시인의 눈길에서도 뭉쳐놓은 사회가 느껴진다.

녀석 奴

그렇다면
누가 죽으라고 하면
죽을 생각이냐고 물었더니
녀석은 머리를 저으며 말했다
죽을 때까지 기다릴 거면
죽어도 괜찮아

/ 1951년 10월 19일

박학과 무학 博学と無学

그것 읽어봤냐
이것 읽어봤냐며
실컷 무식쟁이 취급당하다가
나는 그 사람에게 말했다
그런데 발레리* 씨라도
내 시는
읽어보지 못했을 거야

/ 1951년 10월 26일

---

* 폴 발레리. 프랑스의 시인, 비평가, 사상가.

야마노구치 바쿠의 유머와 풍자를 느낄 수 있는 시이다. 시인에게 박학과 무학은 종이 한 장 차이일 뿐이다. 나는 발레리가 읽어보지 못했을 내 시를 읽어 봤을 정도로 박학하다고 바쿠는 당당하게 말하고 있다.

고별식　告別式

돈만 빌리러
돌아다니다
나는 어느 날
죽어 버렸다
그놈도 결국 죽어버렸구나 하고
사람들은 그렇게 이야기하면서
향을 피우고
차례차례 합장하고는 내 앞을 떠나갔다
이렇게 해서 저세상으로 와 보니
그곳에는 우리 장남이
심통 난 얼굴로 기다리고 있다
뭐 때문에 그렇게 화가 났느냐고 물어보니
추석이 되어도 집에서 보내주는
맛있는 음식이 없었다며 토라져 있다
나는 우리 장남의
머리를 쓰다듬어 주었지만
죽은 사람마저도
돈 드는 일을 바라는 건가 하고 생각하니
지구 위에서 사는 것과 마찬가지라

저세상이고
이 세상이고 다를 게 없는 것 같다

/ 1953년 12월

야마노구치 바쿠는 1963년 7월 19일, 위암으로 사망했다. 향년 59세였다. 장례식에 온 손님들에게 배포된 인사장에는 바쿠의 시 「넝마주이 이야기」와 「고별식」이 인쇄되어 있었다. 시에 나오는 '우리 집 장남'은 생후 1년 만에 잃은 아들 시게야를 말한다. 장남이 등장하는 시는 이 시밖에 없다. 빈약한 제사상이 평소에 마음에 걸렸나 보다. 야마노구치 바쿠 특유의 페이소스와 유머를 동시에 느낄 수 있는 시이다.

처녀 시집 処女詩集

「사변의 원」이라는 것이
나의 첫 시집이다
그「사변의 원」을 출판했을 때
아내 앞인데도 그냥
나는 소리를 내고
울었다
그로부터 십 오륙 년이 지났을까
요즘에 와서 다시 슬슬
시집을 내고 싶어졌다고
아내에게 말을 꺼내니
그때를 떠올렸는지
시집을 내면
또 울어요 한다

/ 1955년 5월

오이냐해서 어미죠 개바

동경신문 1957년 12월 27일 자에 실린 야마노구치 바쿠의 글을 소개한다.

「예전에 '무라사키'라는 잡지가 있었다. 국문학 관계의 잡지로 가끔 내 시를 실어주었는데, 편집장인 오자사 이사오小笹功 씨의 알선으로 시집 『思弁の苑』을 출판했다. 발행소는 무라사키 출판부로 칸다의 간쇼도 서점 안에 있었다. 시집의 권두에 사토 하루오, 가네코 미쓰하루의 서시, 서문을 실었다. 고향인 오키나와를 나와 16년 만의 일이고, 막 결혼을 한 무렵인 데다 태어나서 처음으로 손에 넣어 본 인세라는 돈이어서 그랬겠지만, 무엇보다도 우선 첫 시집이었다는 것이 나를 소리 내어 울게 한 것이었다. 여기서 펜을 내려놓고 "슬슬 또 시집을 내고 싶어지네"하고 옆에 앉아있는 아내에게 말했더니, 아내도 그때 일을 떠올렸는지 "시집을 내고 또 울어요"하고 말한다.」 (「소리 내고 울다. 나의 처녀 출판」)

흐린 봄날 花曇り

그러니까 이게
오십견이라는
남자의 갱년기 장애라고 한다
아무튼 양쪽 어깨 관절이 아파서
옷을 입을 때도 하나하나
아내나 아이의 손을 빌린다
정말 팔이
부자유스러워서
전철을 타도 손잡이에
팔을 올릴 수 없는 형편이다
그래서 그날도 앉아서 가기 위해
만원 전차를 그냥 보내고 난 뒤였다
플랫폼 끝에 우두커니 서서
오십견 행세를 하고 있다가
문득 울타리 저쪽을 보니
그쪽 골목에 고양이가 모여 있다
싸우는 것치고는 너무 조용해서
고양이답지 않다 생각했더니

오카자키 여름 개나

네 쌍이 제대로 짝을 맞춘

젊은 고양이

아베크족*들이다

/ 1957년 3월

시의 원제인 「花曇り」는 벚꽃이 필 무렵의 흐린 봄날을 의미한다. 꽃피는 봄날, 오십견 때문에 고생하는 오십을 훌쩍 넘긴 시인의 눈에는 뒷골목 고양이의 유연한 몸도, 젊음도, 사랑도 그저 부러울 뿐이다.

———————
* 함께 다니는 한 쌍의 젊은 남녀

고개　首

처음 만난 그 사람이 말이야
한 잔 마시고는
고개를 갸우뚱하며 말하는 거야
당신이 시인인 바쿠 씨입니까
이거 정말 놀라운데요
시에서 받은 바쿠 씨의 인상과는
전혀 다르게 신사이군요 하는 거야
나는 무의식중에 목을 움츠렸지만
바로 목을 펴고 말했지
시에서 받은 비렁뱅이 바쿠와
신사처럼 보이는 이 바쿠 중에
어느 쪽이 진짜 바쿠일까요
그러자 그 사람은
고개를 들고
글쎄요 그건 하며 입을 열었는데
고개가 고장 난 사람인지
또 고개를 갸우뚱거린다

/ 1958년 1월

야마노구치 바쿠는 주머니에 돈이 없을 때가 대부분이라, 술값, 밥값 계산은 바쿠가 데려간 사람이 하는 경우가 많았다. 돈을 낸 사람이 오히려 바쿠에게 잘 얻어먹은 것 같은 유쾌한 기분이 들었다고 하니, 사람을 끌어당기는 매력이 있었나 보다. 술집에서 바쿠를 만난 사람은 시에서 받은 인상과 너무 달라 자꾸 고개를 갸우뚱거린다. 가난하지만 당당한 바쿠는 단도직입적으로 물어본다. "비렁뱅이가 내 모습일까요? 신사가 내 모습일까요?", 너무 당당하게 물어보니 다시 헷갈릴 수밖에. 그래서 계속 고개를 갸우뚱거리고 있는 거다.

실제로 사진 속의 야마노구치 바쿠는 교수나 철학자 같은 풍모이다. 20년 가까이 방랑 생활을 하고 빚으로 생활을 한 사람으로 보이지 않는다.

밑바닥을 걸어 다니며   底を歩いて

무엇을 위해
사는 건지
맨발로 생명을 껴안고
아무리 시간이 흘러도
사회 밑바닥에만 있으니
마치 개나 고양이 같지 않으냐고
나는 때때로 자신을 욕하지만
인간인 체하며 거드름을 피우는 건지
고양이나 개의 입장에서
나에 대해 비교해보면
정말로 인간처럼 보이는 것 아닌가
일단은 뭔가 걸치고 있고
뭔가를 일단 신고 있고
볼일이라도 있는 것 같은
눈을 하고 있는 거다

/ 1960년 6월

야마노구치 바쿠는 「나와 동경」이라는 수필에서 이 시에서 말하는 밑바닥 생활에 대해 다음과 같이 언급하고 있다. 발표 당시 시의 제목은 「담화」였다.

「그런 생활 면이나 정신적인 면 같은 여러 의미로 이 도시는 나에게 아주 고마운 장소입니다. 그러나 동경의 은혜만 입은 것이 아니라, 나도 도시를 어느 정도 보살펴준 거 아닌가 하는 그런 자부심 같은 것도 다소 있습니다만, 이 감사한 도시 생활에서도 나는 이 시와 같은 생활을 오랫동안 계속했습니다. (중략) 토관에서 자기도 하고 남의 집 처마 밑에서 자기도 하고, 어떤 때는 잘 곳이 없어 밤새 걸어 다니다 다음 날 지인의 방을 찾아가 잠깐 낮잠을 자기도 했습니다. 그러니 이런 식으로 동경과 나는 떼려야 뗄 수 없는 질긴 인연이라고 생각하고, 그 질긴 인연 위에 서서 동경과 아주 사이좋게 지내려고 생각합니다.」

코 鼻

그 코가 좋아
하고 대답했더니
코는 당황해서
손바닥에 몸을 숨겼다

/ 1961년 3월

'코'를 칭찬하니, 당황하며 숨어 버렸다. 왜 그랬을까? 바쿠는 일본인과는 다른 자신의 얼굴, 특히 높은 코에 자신의 정체성을 확인할 수밖에 없었던 시인이었다. 그래서 코는 바쿠에게 열등감을 느끼게 하는 부분이기도 했다. 자신이 콤플렉스라고 생각하던 것을 칭찬해주니 부끄럽기도 하고 기쁘기도 해서 당황한 것이다.

버릇이 있는 구두　癖のある靴

내던진 담배꽁초의
불을 쫓아가
구두가 그것을 밟았는데
재미있는 짓을 하는 구두로구나
평소 버릇이라
어쩔 수가 없었다 해도
항구는 비에 젖어 있는데

「중독이라고 하면 아버지는 담배도 술도 보통 사람 이상으로 즐겼다. 즐긴다고 하면 지극히 소극적으로 들리지만, 사실은 중독 일보 직전 정도가 아니었을까. 손가락에는 담배 냄새가 배여 있고, 가운뎃손가락은 양손 다 니코틴의 노란색으로 물들어 있고, 아버지의 옷과 이부자리에는 담배 냄새와 술 냄새가 섞인 독특한 냄새가 났다. (중략) 담배는 하루에 4, 50개비는 가볍게 피우고, 일할 때는 특히 쉬지 않고 피웠다.」(「詩人＝人間の一変種＝父」, 山之口泉)

핵심 核

이제 연세도 연세니까 하니
뭐라고 이 풋내기가 하고
노인은 성을 냈는데
나잇값 못하는 얼굴을 하면서까지
잡아두고 싶은 것
그것은 바로 젊음인 거다

/ 1962년 10월

노인이 화가 난 건 '풋내기(바쿠)'의 말 때문이 아니라, 나이 들어가는 '자신' 때문이라고 시인은 확실하게 '핵심'을 꼭 집어 이야기한다. 이렇게 이야기할 수 있는 것은 야마노구치 바쿠가 젊기 때문이고, 그가 젊은 것은 현역 시인이기 때문이다.

은밀한 대결 ひそかな対決

바보 아니냐고 나에 대해서
하필이면 정신과의
저명한 어느 의학박사가 말했다던가
달랑 시 한 편 적는데
100장 200장 300장이라니
원고지를 휴짓조각으로 쌓아 올리는 시인이면
바보 아니냐 하고 말했다던가
어느 날 어느 장소에서 그 박사님을
바쿠가 처음 만났을 때
성함은 진작부터
알고 있었습니다 라며
요즘 어떠십니까
시는 어떻습니까 하고 묻는 거다
너무 멍청한 말을 하는 걸 보니
바보치고는 어딘지
멀쩡해 보이는 시인인 건지
만난 김에 한번
박사님의 진단을 받아볼까 하고

오사배여 어머꼬 개바

생각하지 않은 것은 아니었지만
실례했습니다 하고 자리에서 일어섰다

/ 1963년 3월

야마노구치 바쿠가 한 장의 원고를 쓰는 데 몇백 장의 원고지를 사용한다는 것은 유명한 이야기였다. 사람들은 바쿠를 '퇴고의 신'이라고 불렀지만, 그는 머리를 쥐어짜며 고군분투하는 노력가였을 뿐이었다. 자신의 노력을 바보나 하는 짓이라 깎아내리니 바쿠의 심정이 어땠겠는가. 시에서는 은밀한 대결로 조용히 묘사되어 있지만 야마노구치 이즈미의 수필에는 박사의 말을 전해 듣고 화가 난 바쿠의 모습이 사실적으로 그려져 있다.

「어느 날 아버지는 화가 나서 돌아왔다. 고등학생이었던 나를 붙잡고 'S 박사라는 놈은 바보야. 정신병 권위자라고 잘도 말하고 다니네. 내가 미치광이란다. 겨우 대여섯 줄짜리 시를 적는데 몇백 장이나 되는 원고용지를 쓸데없이 쓰는 건 바보나 할 일이라나 뭐라나. 그런 의사를 만나면 환자는 모두 병이 더 나빠질 거야.' 매우 분개하고 있었는데 나는 나도 모르게 웃고 말았다. 방석 하나를 앞으로 했다 뒤집었다, 오른쪽으로 당겼다가 원래대로 했다 하며 엉거주춤한 자세로 이리 보고 저리 보고 하는 거나, 귀여워하는 개를 쓰다듬고 세균 덩어리라도 만진 것처럼 여러 번 비누로 손을 씻는 모습을 본다면 박사님은 도대체 뭐라고 할까 하고 생각했던 거다.」(『變てこりん』, 山之口泉)

4장

가난한 삶

새해 첫 꿈 初夢

올해는 꼭 이루게 해달라고
내가 꾸는 꿈
너와 지붕 집을 짓는 꿈
방 하나를 아이와 아내 방으로 하고
다른 방은 내 작업실
방 두 개면 충분한
내 집을 짓는 꿈
살고 죽고를 그곳에서
계속하려고
일곱 평 정도의
집을 짓는 꿈
올해는 꼭 이루게 해달라고
꿈을 꾸지만
평당 만 엔만 잡아도
칠만 엔은 드는 꿈

/ 1949년 1월 9일

오사까서 야마또가와

일본에서는 새해 둘째날 밤에 꾸는 꿈을 '하쓰유메'라고 해서, 1년의 길흉을 점치는 풍습이 있다. 7평짜리 너와 지붕 집을 가지기를 소원한 야마노구치 바쿠의 소박한 꿈은 죽을 때까지 이루어지지 않았다.

「아버지의 스케치북에는 미래의 우리 집 설계도가 몇 장이나 그려져 있었다. 아버지에게 그것은 실현할 것 같은 꿈이었던 건지, 실로 극명하게 방 크기와 옷장, 변소와 창문의 위치까지 표시되어 있었고, 평수 계산까지 있었지만, 어느 것이나 열 평 정도밖에 안되었다. 그 정도가 자신이 지을 수 있는 집의 한도라고 생각했던 걸까. 결국, 지어지지 못한 '우리 집' 설계도를 보고 있으면 10평이라는 넓이가 묘하게 가슴을 아프게 한다. 충분하게 겸손한 꿈이었는데, 그것도 이루지 못하고 죽어버린 이상한 아버지라고 생각한다.」(『父の変化』, 山之口泉)

무승부 相子

혼잡한 기차 안에서
지갑을 소매치기당했다
소매치기당해서 분개하니
분개하는 자신이
이상하게 느껴져 웃고 싶어졌다
그렇게 분개하지 말라고
자신에게 말해주고 싶어졌다
원래 지갑에 넣어둘
돈은 없었지만
지갑 속은 다른 사람의 명함으로
터질 듯이 불룩했다
지금쯤 훔친 녀석 또한
얼빠진 얼굴로
명함만 가득 든 지갑에
분개하고 있을지 모르는 거다
녀석은 분명히
철교 위쯤에서

오사카에 어디로 가나

슬쩍 그 지갑을
창밖으로 던져버렸을지도 모르는 거다

/ 1950년 9월

소매치기당해서 화가 났지만, 지폐 대신 명함만 가득 든 빈 지갑을 훔친 도둑의 입
장도 자신과 별반 다르지 않으리라 생각하니 무승부이다. 아니 어쩌면 잔뜩 기대하고 훔
쳤을 도둑이 더 화가 났을지도 모르겠다.

세금의 노래 税金のうた

지구 위를
나는 정신없이 날아다녔다
세금이라면 나오지 않을수록
나 같은 사람에게는 감사한 일이고
나오더라도 가급적
세금이라는 건 가벼우면 가벼울수록
모두의 이상理想에 들어맞는 것 아닐까 하고
나는 그렇게 생각하면서도
면세를 원하고 있지도 않고
차압 당할 만큼
물건이 있는 신세도 아니다
나는 나의 가정에
내놓지 않으면 안 될 생활비조차
지금도 밀리는 일이 많지만
세금만은 빌려서라도 어떻게든 내고 싶어서
지구 위를
돈을 구하러 날아다녔다
그런데 가는 곳마다

오사카여 어디로 가나

나는 이미 돈을 빌린 신세였다
지금 지구의 한 모퉁이에서
허무하게 날개를 멈추고
어떤 식으로 세금을 낼 건가에 대해서 나는 생각하고 있다
문화 국가여
귀를 좀 빌려주면 좋겠구나
나 같은 시인이 시로 밥을 먹을 수 있는 문화인이 될 동안
국가가 세금을 대신 내줄 수 있을 정도의 문화적인 방법은 없는 것
인가

/ 1951년 2월

생활비는 못 내도 세금만은 꼭 내고 싶다니, 탈세로 적발되는 사람들은 이해할 수 없을 시이다. 가난한 생활을 노래한 시이지만, 생활의 냄새를 풀풀 풍기는 시인의 모습이 따스하게 느껴진다.

빚을 짊어지고 借金を背負って

빌린 돈은 이미
십만 엔을 넘었다
이 돈들을 나에게
빌려준 사람들은 가지가지로
그중에는 기한부 조건을 거는 사람도 있고
언제 갚아도 괜찮다고 하는 사람도 있고
빌린 돈을 빌려주는 거니까
될 수 있는 대로 빨리 갚아주면 좋겠다는 사람과
갚는다니 그런 것
신경 쓰면 곤란하다고 말하는 사람도 있었다
이러나저러나
짊어지고 다니면
무거워지는 것이 빚이다
그 날 나는 짊어진 빚을
십만 엔이든 몇십만 엔이든 간에
한꺼번에 다 갚아버리고 싶은 것 같은
개운해지고 싶은 충동에 사로잡혔다
그러나 평소처럼

그날도 또 한 푼도 없어서
빚을 짊어진 채
돈을 빌리러 나갔다

/ 1951년 10월

오늘도 무일푼이고 돈을 빌리러 나가야 하는 아주 심각한 상황이지만 시인의 정신은 황폐하지 않다. 빚이야 있든 없든, 흙 위에서 자든 다다미 위에서 자든, 야마노구치 바쿠는 그런 사람이다. 일생을 빌린 것으로 살아온 '전문가'도 가끔은 개운해지고 싶은 충동이 일어나는 걸 보니, 빚은 역시 무거운 건가 보다.

남의 술 人の酒

마시고 노래하고 춤췄지만
다음날 누가 그 가게 이름을 물어봐서
나는 대답하기 곤란했어
남의 술만
마시며 돌아다니기 때문에
가게 이름은 알 필요가 없는 거야

/ 1951년 11월

오시하여 여미포 가버

돈이 없었기 때문에 마시는 술은 당연히 같이 가는 사람에게 얻어 마시는 것이고, 가게 이름 따위는 신경 쓸 필요도 없는 거다. 야마노구치 바쿠는 술을 좋아하는 애주가였는데, 그의 수필 「酒友列伝」은 「십 년을 옛날이라고 보면, 옛날의 옛날의 옛날부터 나는 술을 마셔왔던 거다. 마셔온 술은 주로 아와모리인데, 태어난 곳이 아와모리의 산지인 오키나와였기 때문이다」라는 문장으로 시작한다.

심야 深夜

이것 좀 부탁하네 하면서
보따리에 싸 온 것을
그곳에서 굴리며 보여주니
전당포 주인은 고개를 썰레썰레 흔들었다
어떻게 안 되겠냐고 부탁을 해봤지만
전당포 주인은 고개를 썰레썰레 흔들고
맡아드리기 어렵다고 한다
어떻게 좀 안 되겠냐고 한 번 더 부탁하니
전당포 주인은 고개를 절레절레하며
살아있는 건 아무래도 맡아드리기 어렵다고 한다
죽으면 안 되니
부탁하러 온 거라고 하니
전당포 주인은 또 고개를 절레절레 흔들고
살아있는 것을 맡아서야
먹이값이 들어
돈이 안 된다고 한다
거기서 겨우 잠이 깨었다
불을 켜니

조금 전 그곳에
보따리에서 금방 굴러나온
딸과 마누라가
뒹굴고 있다

/ 1952년 1월

야마노구치 바쿠는 평생 가난했다. 남에게 빌리고, 전당포에 물건을 맡기는 생활이
세상을 떠날 때까지 계속되었지만, 결코 가난을 부끄러워하지도 슬퍼하지도 않았다. 그
런데 이 시는 보기 드물게 어두운 분위기이다. 당시의 생활이 그만큼 어려웠다는 것을
알 수 있다. 더는 맡길 물건이 없는 가난한 가장은 꿈에서도 전당포를 들락거린다. 유일
하게 남은 것을 들고 갔는데 돈이 안 된다고 전당포에서도 맡아주질 않는다. 그에게 남
아있는 유일한 물건은 아내와 딸이었다. 삶의 무게가 느껴지는 시이다.

보스턴 백 ぼすとんばっぐ

보스턴 백을

들고 있으니

미미코는 이상하다는 얼굴이었지만

평소처럼

손을 흔들었다

다녀오세요 하고

나도 또 평소처럼

다녀올게요 하고 뒤돌아보았지만

그대로 전당포

문으로 들어섰다

/ 1952년 1월

오사배서 여마도개바

이 시도 전당포 시다. 보스턴 백은 여행 가방으로 당시에는 사치품이었다. 시인이 맡기러 간 것은 가방이었을까? 아니면 가방 안에 든 물건이었을까? 삶은 고단했겠지만, "다녀오세요"라고 손을 흔드는 미미코가 있어 시는 묘하게 밝은 분위기이다.

대차 借り貸し

부탁하네
부탁하네 하며 사정사정해서
나는 그에게 돈을 빌렸는데
그 사람은 그 돈을 재촉하러 와서
마치 나에게 사정하듯이
부탁해
부탁해 하고 말한다

/ 1952년 6월

오이사여 여미도 개나

「아버지 지인 중에서 아버지가 돈을 빌리러 가지 않은 사람이 있었을까? 한 번뿐이 었다 해도, 공교롭게 아버지의 요청을 들어주지 못했더라도, 대부분의 사람들은 돈을 빌 리러 온 아버지를 만났을 것이다. 만일 그런 일은 없었다고 답하는 사람이 있다면 그 사 람은 지나치게 사람이 좋아서 안쓰러워 보였든지, 둘도 없이 인색한 사람이라고 여겼든 지, 자기보다 더한 가난뱅이라고 생각했기 때문일 것이다. 내가 알기로는 아버지는 주위 의 모든 지인에게 돈을 빌렸던 것 같다」(『父.山之口貌』)

그림자 影

선술집에 와서
아와모리*를 앞에 두고 있는데
뒤에서 툭 하고
어깨를 쳤다
뒤돌아보니 또 그 사람인데
요전 날 역 앞 광장에서
어깨를 툭 친 것도 그 사람
만원 전차의 손잡이 밑에서
툭 하고 어깨를 두드린 것도 그 사람이니
타고 걷고 마시는 것도
무심코 할 수 없게 되어 버렸다
그는 언제나 나를
뒤쪽에서만 노리고 와서
툭 하고 어깨를 치고는
붙임성 있어 보이는 눈으로
일전에 그 돈
언제 갚을 거냐고 묻는다

/ 1952년 9월

---

* 좁쌀로 빚은 오키나와 전통주.

평생을 빌리며 살아온 시인이지만, 돈을 갚으라고 재촉하는 빚쟁이와 마주치는 순간만은 피하고 싶었을 것이다. 조심해서 잘 살피고 다니는데도 번번이 귀신같이 알고 나타나니 죽을 맛이다. 그런데 시인은 빚쟁이를 자신의 그림자로 비유하고, 그림자라서 항상 붙어 있는 걸 어찌하겠느냐고 노래한다. 야마노구치 바쿠다운 발상이다.

그와 나 彼我

그 후 그 사람을
몇 번이나 만났는데
몇 번을 만나도 만날 때마다
돈을 재촉하지 않은 적이 없다
그래서 그날도
비 내리는 이케부쿠로 역 앞에서
또 시작하겠구나 싶어 꼼짝 못 하고 서 있었는데
어쩐 일인지 그의
눈을 피한 모양이다
나는 그곳에서 그대로 작아지면서
어긋난 재촉을 배웅하듯이
그의 모습을 배웅했는데
그는 비에 젖은 우산을 접더니
한눈팔지 않고 열심히
턱을 내밀고
역 계단을
올라갔다

/ 1952년 9월

바쿠를 찾아다니는 빚쟁이와 그를 피해 다니는 바쿠의 처지가 잘 드러난 시이다. 돈을 빌려준 빚쟁이는 바쿠가 나타나는 곳을 잘 알고 있었다. 그런데 어느 비 오는 날, 시인은 운 좋게 빚쟁이의 눈길을 피할 수가 있었고, 혹여나 들킬까 봐 기둥 뒤에 숨은 시인의 몸은 자꾸만 움츠러든다.

「이케부쿠로라는 동네는 아버지에게 일종의 둥지 같은 곳이었다고 말할 수 있다. 잠자는 곳은 집이었지만, 자는 시간을 포함해도 집에 있는 시간보다 이케부쿠로에 있는 시간이 많았다. 엄마가 자주 '하녀가 딸린 하숙집'이라고 자조적으로 말하는 것도 무리도 아니었다. 일하는 것도 아닌데 매일 무엇을 하는지 엄마는 수상하게 생각한 것이 틀림없다 」(『父、山之口貘』, 山之口泉)

찻집 珈琲店

마시든 마시지 않든
나는 꼭
하루에 한 번은 이 찻집에 와서
그야말로 이렇게
잠시 쉬고 있다
편지를 두고 간 남자는 그것을 알기 때문에
일전에 빌린 돈을 당장
갚아줬으면 좋겠다고 말하러 온 거다

/ 1953년 2월

제목의 찻집은 야마노구치 바쿠의 수필 「이케부쿠로의 가게池袋の店」에 등장하는 '코야마 커피점'이다. 바쿠의 딸인 야마노구치 이즈미는 찻집에서 시간을 보내는 아버지의 모습을 다음과 같이 회상했다.

「코야마에서 아버지는 정말 느긋하고 편안했다. 커피 한잔을 앞에 놓고 천천히 담배를 피우고, 무엇을 하지도 않고, 누구를 기다리지도 않고, 조용히 시간을 보냈다.」(「父の巢 池袋」, 山之口泉)

사슴과 빚　鹿と借金

야마노테*의 백화점 모퉁이에서
찻집을 경영한다면서
맛있는 커피를
대접하고 싶다고 그는 말했다
미사키** 쪽에 낚싯배를 가지고 있다면서
낚시도 안내하고 싶다고 그는 말했다
그중에서도 가장 자랑거리는 총이라면서
가까운 시일 안에
사슴을 잡아서
사슴 요리를 대접하고 싶다고 그는 말했다
나는 그를 만날 때마다
지금이라도 그곳에 나타날 것 같은
사슴과 낚시와 커피를 고대하면서
그의 얼굴을 쳐다보고는
아직도 멀었나 하고 생각하지 않을 수 없었다

---

*　동경 분쿄, 신주쿠 근방의 지역.
**　오사카 부 미사키 쵸.

오사베 여미오 개

그런데 도저히 어쩔 수 없는 일이 있어서
나는 그만 그에게
돈을 빌리고 말았다
그 대신이라는 듯 그 뒤로는
대접 이야기가 쑥 들어가 버리고
돈을 재촉하는 이야기만 한다

/ 1954년 2월

    빌린 돈이 얼마인지 모르겠지만, 시인의 생각에는 사슴과 낚시와 커피보다는 적은 금액이다. 그래서 왠지 애석한 기분이 들고 돈만 재촉하는 그가 야속하기만 하다. 야마 노구치 바쿠 특유의 유머 감각이 넘치는 시이다.

자문자답 自問自答

갚은 적도
없는 주제에
돈이 들어오면 이번에는 꼭
갚아야지 갚아야지 하고
생각하지만
말하자면 돈 없는 병인 거다
그래서 어쩌다
돈이 손에 들어오면
한숨 돌리는 순간에
그만 잊어버리는 거다

/ 1954년 4월

돈을 왜 못 갚는지 아무리 자문자답해봐야 소용이 없다. 이상하게도 돈이 들어오는 순간 갚아야 한다는 것을 잊어버린다. 그런데 이건 다 병 탓이다. 병명은 '돈 없는 병', 돈이 없는 병에 걸렸으니 수중에 빚 갚을 돈이 남아 있을 리 없다.

시든 약속　萎びた約束

이제 막 결혼한 젊은 부부의 집이라
미안하게 생각하면서도
이 개월 정도만이라고
무리하게 부탁해서
이 집의 육 조 방에 살게 되었다
젊은 부부에게 얼마 지나지 않아
여자아이가 태어나서
우리는 한숨 놓았다
그다음에 남자아이가 태어나
우리는 또 한숨 돌렸다
지금은 그다음 아이가
당장에라도 태어나려고 하고 있으니
우리는 그러는 사이에
또 또다시 한숨 돌리게 되는 거다
그렇다고는 해도 정말
길고 긴 이 개월이다
이미 오 년이나 이 집 신세를 지며
육 조 방에 있는 시들어진 약속을 보고 있으니

이대로 앞으로 몇 년 더
신세를 플러스해야
이퀄 이 개월 정도가 되는 걸까 하고
우리는 그 생각을
하루도 안 하는 날이 없는데
언제 이사를 하는 걸까 생각하면
돈이 드는 공상이 되어버려서
이사해보지 않고는 풀 수가 없다

/ 1954년 7월

야마노구치 바쿠에게는 나이와 관계없이 친구들이 많았나 보다. 시에 등장하는 젊은 부부 남편이 바쿠의 지인이다. 바쿠는 소화 23년(1948) 7월에 2개월의 양해를 구하고 신혼집 방 한 칸을 빌렸다. 시에는 플러스, 이퀄 같은 계산 용어가 나오지만 빌려준 쪽이나 빌린 쪽이나 셈하는 것과는 거리가 먼 사람들인 거다.

「그때 인사를 하면서 '어쨌든'이란 약속이 '쭉'이 되고, '2개월간'의 계약이 '16년'이 되리라고는 그 누구도, 아버지조차도 짐작하지 못했을 게 틀림없다. 그렇지만 우리가 겨우 그 집에서 나온 것은 아버지가 돌아가신 다음 해인 소화 39년이 되어서였다. 2개월이라는 약속을 16년으로 늘린 아버지도 아버지이지만 그것을 허락해준 쓰기다씨 또한 세상에서 보기 드문 집주인이었다고 생각한다. 우리가 나올 때 집세가 꽤 밀려있었는데 어머니가 갚으려고 해도 완고하게 사양했다고 한다.」(『伸びた約束』, 山之口泉)

분수에 맞지 않는 날　柄にもない日

그날 나는
빚을 갚았는데
나와 전혀 어울리지 않는
잘못을 저지른 것 같은
분수에 맞지 않는 날이 있는 거구나
그래서 귀신마저 당황했는지
내가 갚는 돈을 받으면서
덕분에 살았다며
고맙다고 인사를 한다

/ 1954년 9월

'돈이 없는 병'에 걸린 시인이 빚을 갚는다고 나서니 날마다 돈 갚으라고 독촉하던 '귀신' 같던 빚쟁이도 당황했나 보다. 마치 자신이 돈을 빌리러 온 것처럼 '덕분에 살았다'며 고마워한다. 빚 갚는 일이 분수에 맞지 않는 일이라니, 분수에 맞게 살려면 빚을 안 갚아야 한다는 말인가?

무전취식 無錢飲食

먹고 마시고
한 뒤에야 알았다
그는 거슬러 받을 생각으로
포켓 안에 손을 넣었는데
있어야 할 그 돈이 없는 거다
그러나 그때 확실히
넣어 뒀는데 하며
다시 한 번 손을 넣어보지만
돈은 거리에서 주웠을 돈
아무래도 바로 어젯밤
꿈속에서 본 천 엔 지폐를 찾고 있는 거구나

/ 1955년 3월

야마노구치 바쿠 시에는 의외로 술이 등장하는 시가 적지만, 그의 일과의 마지막은 언제나 이케부쿠로의 술집 '오무로'였다. '오무로'에 있을 때의 바쿠는 마치 '물 만난 물고기' 같아 보였다고 한다.

「아버지와 나는 대개 '오무로'의 첫 손님이었다. 주변의 모습이 활기를 띠기에는 아직 이른 시간에 우리는 이제 막 문을 연 가게에 들어갔다. 때로는 테이블의 의자가 아직 거꾸로 올려져 있을 때도 있었고, 아직 청소 중일 때도 있었지만, '어서 오세요' 하는 아줌마의 목소리는 언제나 따뜻하고 활기찼다. 아버지가 신세를 진 사람으로, 빚도 여러 번 진 건 아닌지 모르겠다. (중략) 여기서 아버지는 자주 휘파람을 불면서 오키나와 춤을 췄다.」(「父の巣池袋」, 山之口泉)

현관 玄関

초인종 소리가 시끄러워

허둥대며 현관에 나가보니

아르바이트생인데요 한다

필요한 게 없는데요 라고 거절하니

한 개라도 괜찮으니

사달라고 한다

다음에 오세요 하고 도망가는데

보기만 해도 되니까

봐 달라는데

돈이 없으니 보기도 싫어서

고개를 옆으로 저었다

그는 보따리를 겨드랑이에 끼고

현관을 둘러보더니

노송나무로 만든 이런 큰 집에 살면서

한 개도 사주지 않는 법이

어디 있습니까 하고 내뱉는다

진짜로 우리 집 같아서

전혀 뜻밖이었던 모양이다

/ 1955년 8월

야마노구치 바쿠 일가가 신세를 진 쓰기다 씨 집은 평지보다 조금 높은 곳에 지은 집으로, 돌계단을 올라가 정원수가 심어진 작은 길을 따라 들어간 곳에 현관이 있었다. 물건 팔러 온 고학생은 천정이 높고 고풍스러운 노송나무 집을 보고 내심 기대했을 것이다. 그런데 어쩌나, 바쿠는 이 집의 방 한 칸을 빌려 사는 가난한 시인인 것을. 한 번 보기만 해달라는 고학생과 '견물생심'이라 보기도 싫은 바쿠의 실랑이가 재미있다.

톱니바퀴 齒車

양말이 생겨서
다행이라고 생각했더니
바지가 누더기가 되어 있구나
바지가 생겨서
다행이라고 생각했더니
윗도리가 누더기가 되어 있구나
윗도리가 생겨서
다행이라고 생각했더니
다시 처음으로 돌아가
너덜너덜한 구두를 끌고
구두를 찾아다니고 있구나

1956년 3월

처음 제목은 '자화상'이었는데 잡지에 발표할 때 '톱니바퀴'로 바뀌었다. 시인은 가난한 삶이 평생 반복된 것이 자신의 인생이라고 말하고 있다. 필요한 것을 얻어 한숨 돌렸다 싶은 순간 필요한 것은 다시 생긴다. 구하려 다녀도 어차피 돌고 돌아 제자리로 돌아올 것을 알고 있지만, 그러나 그것이 나의 삶이고 살아있는 증거이다. 그래서 마음을 다 잡고 다시 구두를 찾으러 나서는 것이다.

신사 느낌 紳士寸感

바쿠 씨 답지
않은 것 아니냐고
말하는 걸 보니 아무래도
누더기가 어울리는 사람이었나
더블 버튼
양복이여
입어라며 준 선배는
누더기보다 낫다며
준 건데

/ 1956년 7월

선배가 내어 준 더블 버튼이 달린 양복을 입으니 사람들이 어색해한다. 양복 입은 자신의 모습은 영락없는 신사 느낌인데, 나답지 않다고 한다. 나는 말쑥한 양복보다 누더기가 더 어울리는 사람이란 말인 건가? 당혹스러워하는 시인의 모습이 재미있다.

입이 있는 시 口のある詩

자주 나가고
나갈 때마다
빌려오지 않는 날은 없고
빌려온 돈은 그때마다
입에 넣으니
입을 위해 사는 건가 싶어서
화가 나는 날이 거듭되었다
그날은 그래서 입을 뒷전으로 미뤄 놓고
악을 쓰는 생리生理에 반항하면서
펜을 잡고 시詩를 꿈꾸던 참에
마음을 돌려 살짝
지금까지 진 빚을 계산해 보니
주택난도 입 탓인지
열 평 정도의 집이라면
당장에라도 지었을
빚을 먹고 있는 거다

/ 1956년 6월

야마노구치 바쿠가 돈을 만드는 방법은 두 가지였다. 바쿠의 시 속에 등장하는 보스턴 백에 옷이나 시계 같은 것을 넣어 들고 나가 돈으로 바꿔오는 방법과 빈손으로 나가 돈을 만들어 오는 방법이 있었다. 밖에서 돈을 빌려오는 날이면 집에 오자마자 아내에게 손가락으로 신호를 보냈다고 하는데, 손가락 신호는 그날 빌려온 지폐의 수가 되기도 하고, 빌려준 사람을 나타내기도 했다.

파초 옷감 芭蕉布

상경하고 이래저래
십 년쯤 지난 여름이었다
먼 곳에 계신 어머니가 파초 옷감을 보내 왔다
파초 옷감은 어머니가 손수 짠 것이어서
베틀에 앉아있는 어머니 모습과
더울 때는 파초 옷감만 한 게 없다는
어머니 말씀을 떠올리면서
오키나와의 향기를 그리워했다
파초 옷감은 바로
내 옷이 되었지만
한 번도 입어보지 못한 채
이십 년이 지나 오늘이 되었다
물론 잃어버린 것도 아니고
아까워서 못 입은 것도 아니다
꺼내왔다 싶으면
바로 또 집어넣어 버리는 식으로
전당포와 왕래하느라
입을 틈이 없는 거다

/ 1957년 8월

오키나와 어디도 가봐

전당포에 갈 일이 또 생긴 걸까? 날씨가 더워서일까? 시인은 파초 옷감으로 만든 옷을 떠올린다. 파초 옷감은 파초의 섬유질로 짠 천으로, 오키나와의 여자들은 마당에 파초를 심고 옷감을 짜 시집갈 때 혼수로 사용했다. 객지의 아들에게 10여 년 만에 보낸 파초 옷감에는 어머니의 사랑과 그리움이 담겨있었다. 어머니가 손수 짜 보낸 옷감으로 만든 옷을 정작 아들은 20년간 한 번도 입어보지 못했다니, 가난한 시인의 현실이 가슴 아프다. 미 군정 하에 놓여있어 갈 수 없는 고향이 되어버린 오키나와, 그 고향에 계시던 어머니는 1952년에 돌아가셨다. 이 시는 오키나와 손해보험 회사의 TV 광고에 사용되어 큰 반향을 불러일으켰다. 파초 옷감으로 유명한 오키나와의 오오기미 마을에는 이 시의 시비가 세워져 있다.

12월   十二月

은행잎이 내는 계절의 소리를 밟고
찾아온 처음 보는
젊은 저널리스트가 이상하다는 듯이
내 얼굴을 훑어보더니 말한다

이렇게 크고 멋진 집에
사시는 줄은 몰랐다는 거다
그래서 용건이 뭐냐고 물었더니
그는 머리를 긁적이며 다시
주변을 둘러보고 말한다

그것이 정말 죄송합니다
12월의 수필을 부탁하고 싶습니다만
써 주셨으면 하는 것이 말하자면 선생님의
가난 이야기입니다

/ 1957년 11월

전후, 사회가 조금씩 안정되고 일본이 경제적으로 발전하게 되면서 일부 여유 있는 계층의 사람들은 '빈곤'을 특별한 시선으로 바라보게 되었고, 야마노구치 바쿠의 존재는 빼앗긴 땅 오키나와에서 온 가난한 시인이라는 것만으로도 세상의 관심을 끌었다. 사람들은 야마노구치 바쿠를 종종 TV나 잡지에서 오키나와의 문화나 자신의 가난한 생활에 관해 이야기하는 사람으로 알고 있었다. 그래서 바쿠에게 들어오는 원고 의뢰는 주로 '가난'에 관한 것이었다.

「나에게 요즘 원고 의뢰가 들어오면 "또 가난 이야기예요?" 하고 아내가 말한다. 중학교 2학년인 미미코까지 "가난 이야기는 인제 그만 써요. 아빠"라고 한다. 그러나 나로서는, 나는 물론이고 그런 말을 하는 아내와 아이가 싫어하는 가난을, 좋아서 소중하게 옆에 끼고 있는 것이 아니어서, 사주는 사람만 있으면 잡지에라도 깡그리 팔아넘기고 다소의 돈이라도 손에 쥐고 개운해지고 싶은 거다」(「貧乏を売る」, 山之口貘)

너구리 たぬき

튀김 부스러기가
너구리 소바의 너구리로 둔갑하고
너구리 우동의
너구리가 되었다고 해도
너구리는 얕볼 수 없어
너구리 소바는 너구리 덕분에
튀김 소바 맛과 비슷해지고
너구리 우동은 너구리 덕분에
튀김 우동 맛과 비슷해져서
너구리 가격이 너구리 덕분에
튀김보다 싸게 먹히는 거야
그런데 정신 나간 소바 가게 아닌가
너구리는 하필
떨어졌습니다만
튀김이라면 있습니다 라니
그래서 나는 언제나
파란 발이 쳐진 그 가게를 그냥 지나쳐

오사베 여미도까나

그 옆의

하얀 발이 쳐진 가게로 들어가는 거야

/ 1958년 7월

관동 지방에서는 튀김 대신 튀김 부스러기와 파만 넣은 것을 타누키 우동, 타누키 소바라고 부른다. 타누키의 뜻은 너구리이지만, 너구리와는 아무 관계 없는 말이다. '타네(재료) 누키(없는) 텐푸라(튀김)'가 어원으로, 타네누키에서 타누키가 되었다. 가난한 시인은 비싼 튀김이 들어간 메밀국수는 먹을 형편이 안되니, 맛이 비슷한 튀김 부스러기가 들어간 타누키 소바를 즐겨 먹는다. 그런데 파란 발이 쳐진 가게에서는 시인이 좋아하는 '타누키 소바'는 팔지 않는다. 튀김을 하면 부스러기는 그냥 생길 텐데 '하필 떨어졌다'며 비싼 튀김 소바만 팔겠다니 '정신 나간 소바 가게'라고 화를 내는 거다.

위 胃

쌀알 하나도
들어있지 않으니
위장이 화가
잔뜩 난 거다

/ 1961년 3월

만원 전차 滿員電車

발끝으로 서 있는
구두가 투덜대며 말했다
밟히지 않으려면 말이야
밟지 않으면
안 되는데 말이야

/ 1961년 3월

현대의 만원 버스나 지하철 풍경이 연상되는 시이다. 밑바닥 인생을 살아온 바쿠의 시선은 만원 전차의 제일 아래쪽으로 향해있다. 시인은 만원 전차 안에서 낡은 '구두'의 눈으로 세상을 올려다보며 투덜거린다. '밟히지 않으려면 밟을 수밖에 없는데, 나보고 어쩌라고'.

재앙 祟り

한번 태어난 이상
이미 그거로 끝이다
설령 부처 행세를 하며
저세상쯤에서 산다고 한들
관도 그렇고
장례식이니 공양이니
절에 하는 보시니 뭐니 다 돈이고
저세상도 이 세상도 돈이 없으면
시작되지 않으니 끝난 거다
돈은 이미 이 세상의 생生을 질질 끌고 다니고
저세상에서는 죽음을 꼭 껴안고
부처의 가르침에까지 들러붙어서
인간처럼 어디에서나 발목을 잡는다
설령 가난한 부처가 사는 무덤이
지렁이 바로 옆집에 세워졌다고 해도
공짜일 리가 없다

/ 1961년 6월

오사카여 어디로 가나

원제인 '祟り'는 신(귀신)이 내리는 재앙을 의미한다. 태어난 이상 돈이 들지 않고는 살아갈 수가 없는데 제대로 돈을 내지 못하면 반드시 뒤탈이 생긴다. 돈 귀신이 벌을 내리기 때문이다. 돈 귀신의 벌은 죽어서도 피해갈 수 없다. 장례절차도 무덤도 제사도 전부 돈이 드는 일이다. 인간은 영원히 돈 귀신을 모시며 살아야 하니 한번 태어났으면 끝인 거라고 시인은 말한다.

문패 表札

우리 가족이 쓰기다 씨 댁에
신세를 지게 되고 얼마 지나지 않아서이다
우체부에게 한소리 듣고 처음으로
자신의 문패라는 것을
대문에 걸었다
문패는 직접 만든 것으로
자필 펜글씨를 확대해서
정성을 다해 팠다
나는 때때로 돌계단 아래에 서서
뒤를 돌아보고 외출을 했다
그런데 어느 날 나는 곤란해져서
문패를 떼지 않을 수 없었다
내 것치고는 약간
지나치게 화려한 문패라서
집주인인 쓰기다 씨가 마치
야마노구치 바쿠 댁 같아 보였던 거다

/ 1961년 11월

1948년 7월, 바쿠 일가는 이바라기에서 동경으로 돌아와 쓰기다 집의 방 한 칸을 빌려 생활하게 된다. 집주인인 쓰기다 씨는 시인이 자주 들리던 이케부쿠로의 서점 주인이었다. 시는 이사한 직후의 풍경을 문패를 사용해 유머러스하게 그려내고 있다. 딸인 야마노구치 이즈미는 바쿠가 만든 문패를 다음과 같이 회상했다.

「아주 열심히 문패를 팠습니다. 이 정도의 나무 조각을 어디에선가 구해 와서 열심히 정말로 직접, 어떻게 한 건지 모르겠습니다만, 야마노구치 라고 종이에 쓰고 거꾸로 붙여서 판 거겠지요. 몇 개월 걸려 팠는데 쓰기다 씨 문패는 고작 이 정도의 나무판에 쓰기다 토오루하고 적혀 있었어요. 그 밑에 걸었는데 두 배 정도 컸어요. 그러니까 역시 곤란한 거죠.」 (강연 「父 · 山之口貘」 중)

12월의 어느 밤 十二月のある夜

12월의 어느 밤, 돈 때문에
호텔의 마담을 시인이 찾아갔다
마담은 딴 곳을 보며 말했다
돈 이야기라니
시인답지 않아요
속물들이 입에 담는 말을
시인이 말씀하시면 안 돼요
돈에 볼일이 없는 게 시인이고
시인은 가난해야
빛이 나고 존경도 받아요
시인은 그 말에 울컥해서
빌리러 온 것도 잊어버리고
한층 더 빛을 내고 있었다

/ 1962년 12월

야마노구치 바쿠의 지인 중에 바쿠에게 돈을 빌려 달라는 이야기를 듣지 않은 사람은 없었던 것 같다. 바쿠의 요구에 응하지 않았더라도 부탁을 들은 적이 있었을 것이다. 바쿠가 돈을 빌리는 방법은 한꺼번에 많은 돈을 빌리는 것이 아니라 필요할 때 조금씩 빌리는 식이었다.

「내 초등학교 입학과 동시에 어쩔 수 없이 개시한 아버지의 빚 전략은 죽을 때까지 12, 3년간 거의 쉬지 않고 계속되었는데, 아버지의 지인들에게는 정말 민폐였다고 생각한다. 아버지에 대해 나쁘게 말하는 사람은 없지만, 상당히 귀찮다고 생각한 사람도 있었을 것이다. 모두가 다, 언제까지나, 바쿠 씨를 위해서라면 괜찮다고 하면서 돈을 빌려주고 기다려주었을 리는 없는 거다. 물론 상대가 싫다고 생각을 했다면 아버지는 그 몇 배 더 힘든 생각을 했겠지. 그러나 어머니에게 빌려온 돈을 내밀 때 빌려준 사람들은 모두 자애가 가득한 산타클로스로 묘사되었다.」(『借金操業』, 山之口泉)

구경꾼 野次馬

이거 놀랍군 이 집에도
텔레비전이 있었네 해서
겨우 먹고 사는 집도
텔레비전은 있으니 다행이지 않느냐고 하니
얻은 거냐 아니면
산 거냐 하면서 고개를 갸웃거린다
어쨌든 상관없지 않으냐고 하니
산 건 아니지
얻은 거겠지 라고 한다
확실히 그건 진실 그대로지만
밀어붙이니 화가 나서
쓸데없는 참견을 한다고 했더니
또 못 들은 척
설마 이건 아니겠지 하며
물건을 집는 동작을 해 보이는 거다

/ 1963년 4월

동경 올림픽을 1년 앞둔 1963년의 텔레비전 보급률은 88.7%였다. 어디서나 볼 수 있는 텔레비전인데 이 집에 있다고 놀라고, 어디서 집어온 거 아니냐고 까지 하다니, 무례하기 짝이 없는 구경꾼이다. '겨우 먹고 사는 집'이라는 시인의 말처럼 야마노구치 바쿠는 평생 가난한 시인이었다. '가난의 시인' 야마노구치 바쿠는 1963년 7월 1일 밤 위암으로 세상을 떠났다. 암을 알았을 때는 이미 온몸으로 전이되어 어쩔 수 없는 상황이었다고 한다. 돈이 없었기 때문에 입원비, 수술비도 지인들이 십시일반 모아준 돈으로 충당했고, 죽을 때까지 남의 집 방 한 칸을 빌려 살아야 했다. 편도 기차표도 살 돈이 없던 그가 34년 만에 고향 오키나와에 갈 수 있었던 것도 지인들의 도움 덕분이었다. 야마노구치 바쿠는 그의 첫 시 「넝마주이 이야기」에서 노래한 것처럼 '은인들만 매달고' 세상을 살아간 시인이며, 사람에 절망하면서도 사람을 사랑한 시인이었다.

5장

반전反戰 · 반핵反核

소집　応召

이런 야심한 밤에
누가 와서
문을 두드리나 했더니
너무나도
이 세상의 모습
완전히 카키색이 되어서
바로 출발하지 않으면 안 된다고 하네
바로 출발하지 않으면 안 된다고 하네
이 세상의 모습인
카키색이야
생각해 보니 그것은 허둥대며
평소 입던 옷을 벗어 던졌는지
저세상 사람 같이 냄새가 났어
절에서 온 사람으로는
보이지 않아

/ 1942년 3월

당시의 군복은 카키색이었다. 한밤중에 찾아온 사람은 카키색 군복을 입고 와서 바로 출발한다고 한다. 평소에 알고 지내던 스님이 군대에 소집되어 간다고 작별 인사를 하러 온 거다. 조금 전까지 승복을 입고 불공을 드렸을 스님이 살생이 난무하는 전쟁터로 간다고 한다. 인사를 하러 온 사람도, 보내는 사람도 전쟁이라는 비인간적인 상황 앞에서 아연할 뿐이다. 시인이 맡은 저세상의 냄새는 스님의 몸에 배어있던 향냄새였을까? 전쟁터로 떠나는 이에게 찾아올 죽음의 냄새였을까?

쥐 ねずみ

생사生死의 생을 내팽개치고
쥐 한 마리가 부조浮彫처럼
길 한가운데 솟아올랐다
이내 쥐는 납작해졌다
다양한
바퀴가
미끄러져 와서는
다리미처럼 쥐를 다렸다
쥐는 더욱 납작해졌다
쥐는
쥐 한 마리의
쥐도 아니고 한 마리도 아니게 되어
그 죽음의 그림자조차 전부 사라졌다
어느 날, 길에 나가보니
평평한 것이 한 장
햇빛을 두들겨 맞으며 뒤집혀 있다

/ 1943년 7월

오니사버 어디로 가냐

길 한가운데 있던 죽은 쥐 한 마리가 바퀴에 치여 납작해져서 쥐도 아니고, 한 마리도 아니게 되어 그냥 평평한 것 한 장이 되어버렸다. 살아있는 것과 죽은 것의 차이는 무엇일까? 죽으면 가치 없는 '평평한 것'이 되어버리는 것일까? 그렇다면 살아있는 것은 '가치'라는 무게를 가지는 것일까? 시인은 전쟁 때문에 인간이라는 존재가, 생명이 평평하게 다려지고, 마지막에는 죽음의 그림자조차 사라져버리고 마는 과정을 비정한 눈으로 그리고 있다. 쥐는 이 세상의 모든 부조리한 죽음을 상징하고 있는 것 같다. 반전 시의 느낌이 강한데 검열을 통과했다는 사실이 놀랍다.

꿈을 평하다 夢を評す

또 그 뒤에서도
날아온다
그 뒤에서도
날아온다
저 먼 옛날로부터
잇달아 날아올라
날개를 펼치고
날아온다
미美의 절정을 머리 위에 높이 누리며
날개를 펼치고
날아온다
날아오기는 하지만
날아오는 것까지가 꿈인지
날아와서는 폭탄
날아와서는 또 폭탄
언제나 거기서 끊어진다

/ 1948년 8월

오이시대여 여미소 개나

1948년 8월호 『예술』에 발표한 시이다. 2013년에 간행된 『新編山之口貘全集第1 卷詩篇』의 해제에 의하면 이 시를 포함해서 「김」, 「툇마루 볕 쬐기」, 「미미코」, 「미미코의 독립」, 「야마구치 이즈미」, 「암거래와 공정 가격」, 「양배추」가 동시에 실렸다고 한다. 같은 잡지에 여덟 편의 시가 동시에 게재된 것은 처음이자 마지막이었다.

그의 전사　かれの戦死

바람결에 그의
전사 소식을 들었는데
어쩌다 맞은
탄환보다도
오히려 패전 그것 속에서
그의 자결의 피보라를 떠올렸다
그는 평소
나 같은 사람을
협박한 건 아니었지만
주군主君의 시 같은 시집을 냈고
혹은 또
나 같은 사람을
깔본 건 아니었지만
천황은 시詩다고 외쳤기 때문에
아끼던 칼의 꼬임에 넘어가
자해한 건 아니었을까

/ 1949년 6월

오사내서 어떻게 사는

1949년 6월호 『魔法』에 발표할 당시의 제목은 '그의 전사, 천황은 시詩이다─히라다 쿠라키치'였고 원고의 목차에는 '히라다 쿠라키치의 전사'라고 되어 있었다.

히라다 쿠리키치(平田內藏吉, 1901~1945)는 '히라다식 심리 요법'으로 불리는 일본의 전통 치료의학의 체계를 세운 효고 현 출신의 의학자이자 시인이다. 1944년 8월에 징집되어, 1945년의 오키나와 전투에서 전사했다.

『山之口獏詩集』의 후기에 '초판본에서는 목차의 작품 번호와 구력 연호, 목탄과 시집 케이스의 디자인, 초상 사진의 선정 등은 (중략) 시우詩友인 히라다 쿠라키치씨의 후의에 의해 배려받은 것이다'고 적혀 있는 것으로 보아 바쿠의 몇 안 되는 문우 중 한 명이었던 것 같다.

복숭아나무 桃の木

시간, 시간이 되면

할아버지 식사하세요

할머니 식사하세요 하는 소리가 들려오고

두 사람의 무릎 앞에는 각자의

낡은 밥상이 놓이는 거다

밥상에는 언제나 딴청을 부리던

쌀밥 외에도

사상의 자유

언론의 자유 같은

아프레게르*도 올라는 와 있지만

어쩌고 저쩌고 하면 바로

닥치고 먹으라는 소리를 듣는 구조의

배급만이 놓여 있다

할아버지 할머니는

그날그날의 밥상을 앞에 놓고

---

* 아방게르(avant-guerre:戰前)의 반대어로 전후파(戰後派), 전후 세대(戰後世代) 등으로 번역된다. 원래는 제1차 세계대전이 끝난 뒤 프랑스의 젊은 예술가들이 전통적인 가치 체계를 부정하면서 새로운 예술을 창조한 시대사조를 가리키는 말이었다.

언제까지 사는지 시험당하는 것처럼
배급을 쿡 찔러 보고는 그것을 먹는 거다
어느 날 아침의 일이다
밥상을 받기엔 아직 일렀다
마당에는 복숭아 꽃이 피어 있었다
할아버지도 할머니도 마당으로 내려오더니
구부정한 허리를 펴고
하늘을 향해 하품을 했다

/ 1948년 2월

야마노구치 바쿠의 시 중에서 유일하게 GHQ**의 검열에 걸린 시이다. 『新編山之口
貘全集』의 해제에 따르면 발표 당시의 원제목은 「죽을 때까지 사육」이었다고 한다.

전쟁이 끝나자 갑자기 세상에 '자유'라는 언어가 넘쳐나지만, 그러나 그것은 어디
까지나 전후에 '배급받은 자유'이고, '닥치고 먹으라는 소리를 듣는 구조'라고 시인은
비유한다. 배급받은 자유의 거북함과 그것을 견디고 살 수밖에 없는 불편함을 노래한
시이다.

** 제2차 세계대전 후 연합국이 포츠담 선언 및 항복문서에 입각한 대일점령정책을 추진
하기 위해 1945년 8월 일본 요코하마에 설치한 연합국 총사령부.

배 船

문명 제군
지구가 올라탈
배 하나를
어떻게든 발명하지 못하지는 않겠지
옥신각신하는 이 세상으로부터
지구를 어디론가
데려가고 싶지 않은가

/ 1951년 10월

옥신각신하고 있는 세상을 한탄하고 슬퍼하는 시이다. 시인은 인종, 국가, 사상으로 대립하는 세상에서는 살고 싶지 않다고 말하고 있다. '문명'에 미래를 기대하고 있는 것처럼 보이지만, 사실은 옥신각신하는 세상을 만들어 낸 인류의 기술, 과학 문명을 정면에서 부정하는 시이다.

참치와 정어리　鮪に鰯

참치 회를 먹고 싶다고
인간처럼 아내가 말했다
듣고 보니 나도 그만 인간 같아져서
참치 회를 꿈꾸기 시작했지만
죽어도 좋으면 맘대로 먹으라고
홧김에 말했다
아내는 홱 고개를 돌려 버렸지만
남편도 아내도 다 참치이고
지구 위는 모두 참치이다
참치는 원자폭탄을 증오하고
수소폭탄에도 위협당해서
홧김에 현대를 살아가는 거다
어느 날 나는 밥상을 들여다보고
비키니*의 재를 덮어쓴 것 같다고 말했다

---

*　비키니 섬. 태평양 중부 마셜제도 북단의 환초. 미국의 신탁 통치령으로 1946년 원폭
실험장이 되었다.

아내는 젓가락을 뒤집어서
타버린 정어리 머리를 쿡 찌르며
화로의 재라고 중얼거렸다

/ 1954년 7월

1954년 3월 미국은 비키니 섬에서 수소폭탄 실험을 했다. 일본 어선의 피해가 있었고, 조업한 참치는 모두 방사능에 오염되었다. 계절풍 때문에 일본 열도에도 방사능비가 내렸고, 일본인들은 '참치 오염'의 충격으로 생선 먹는 것을 주저하게 되었다. 돈이 없어 참치를 못 먹는 것도 화가 나지만 참치도 사람도 방사능에 노출되었으니 분노가 치밀어 오르는 것이다. 미국의 실험 때문에 참치와 같은 신세가 되어버린 시인은 홧김에 살고 있다고 말한다. 방사능 무기 실험에 반대하는 시이지만, 그것과 별개로 참치 대신 정어리가 올라와 있는 밥상을 앞에 두고 오가는 대화가 꽤 살벌해서, 밥벌이가 시원찮은 남편과 불만이 많은 아내의 모습이 사실적으로 와 닿는다.

양 羊

먹느냐 마느냐 하는
거친 생활을 하는 사이에
관상마저 변했다고 하니
내 얼굴이 원자폭탄이나
수소폭탄 같아진 건가 싶다
그도 그럴 것이 지구 위라서
먹지 않고는 살 수가 없다
그런데 지구 위에는
절대로 먹고 싶지 않은 것이 있는데
그것이 내 얼굴 같은
원자폭탄과 수소폭탄이다
이런 현대를 뒷전에 두고
양은 새해가 되어도 변함없이
뿔은 있지만 돌돌 말아 버리고
종이를 먹으며
상냥한 눈을 하고
지구 위에서 살아가고 있구나

/ 1955년 1월 1일

끝이 말린 뿔을 가진 양의 평화로운 모습과 무기 경쟁으로 치닫고 있는 지구의 모습을 대비시키고 있다. 1955년은 을미년, 양띠 해였다. 시인은 '원자폭탄', '수소폭탄'과 같은 시어를 사용해 1954년 3월부터 5월까지 6회에 걸쳐 시행되었던 비키니 환초의 핵실험(Operation Castle)을 다시 한 번 환기하고 있다.

기지 일본　基地日本

어떤 나라는 정말이지

현실적이다

하보마이 · 시코탄*을 일본에

돌려줘도 된다고 말은 하지만

쥐고 있는 손은 좀처럼 놓지 않는다

쿠나시리 · 에토로후**도 원래

일본 영토인 것은 알면서도

돌려달라고 하면 갑자기 격분해서

비현실적이라며 시치미를 뗀다

어떤 나라는 또

더 현실적이다

아마미 섬***을 돌려주기는 했지만

필요 없어져서 돌려준 것뿐이고

여전히 쥐고 있는 오키나와에 대해서는

프라이스 권고를 내세우니

---

* 북해도 네무로 반도 동쪽에 위치하는 섬. 러시아와 일본이 영유권을 주장하고 있으며 현재는 러시아가 실효지배 중이다.

** 북해도 시레도크 반도 동쪽에 위치하는 치시마 열도 최남단에 있는 섬

*** 아마미 군도의 섬

현실적이 아니라고는 말할 수 없다
짓밟힌
일본
북쪽을 봤다가 남쪽을 봤다가
꿈에서 허우적거리고 있지만
부스럼만이 현실인지
여기에도 저기에도
솟아나는 부스럼
외래
기지 바로 그것이다

/ 1957년 1월

시는 오키나와뿐 아니라 이곳저곳에 부스럼 같은 기지가 생기고 있는 '기지 일본', 미군에 짓밟힌 일본을 예리하게 풍자하고 있다. 시인은 하보마이, 시코탄, 쿠나시리, 에토로후를 점령하고 있는 소련(러시아)을 '현실적인 나라'로, 오키나와를 점령한 미국을 '더 현실적인 나라'로 묘사해 자국의 이익만 챙기는 두 나라를 비판한다.

시에 등장하는 '프라이스 권고'는 1956년 6월 미국 하원 군사위원회가 제출한 오키나와 군용 기지문제에 관한 보고서이다. 당시의 상황을 정리하면 다음과 같다. 1954년 3월 미 군정은 군 용지 사용료 10년분의 일괄 지급을 제시했고, 오키나와 현민들은 토지를 지키는 4원칙을 결의하고 반대운동을 전개했다. 그러나, 미 군정은 각지에서 강제 수용을 계속했고, 오키나와 주민의 저항은 더욱 거세졌다. 결국 프라이스를 단장으로 한 위원회가 오키나와에 파견되었지만, 다음 해에 미국 의회에 보고된 프라이스 권고는 장기적인 미군의 점령이 가져오는 이점만 나열되어 있을 뿐이었다. 주민들의 기대를 완전히 저버린 이 권고로 인해 오키나와 각지에서 반대 집회가 열렸고, 1956년 여름에는 '섬 전체 투쟁'으로 번졌다. 그러자 미 군정은 미군의 민간지역 출입 금지령을 발동해, 오키나와에 경제적인 타격을 주었다. 그 결과 류큐 정부는 적정 가격 보상을 약속받는 조건으로 토지의 기지 사용을 인정할 수밖에 없었다.

바쿠　獏

악몽은 바쿠가 먹게 하라고
옛날부터 말했는데
꿈을 먹고 사는 동물로
바쿠의 이름은 세계적으로 유명하다
나는 동물 박람회에서
바쿠를 처음 보았는데
ノ*자 같은 작은 꼬리가 있고
코는 마치 코끼리 코를 줄인 것 같았다
아주 작은 갈기가 있어서
말과도 좀 닮았지만
덩치를 보면 돼지와 하마 사이에서 태어난 것 같다
둥그런 눈을 하고 입을 우물우물하고 있어서
꿈이라도 먹는 걸까 하고
먹이통을 들여다봤더니 세상에나
꿈이 아니라 진짜
과일과 당근을 먹고 있는 거다
그런데 그날 밤 나는 꿈을 꾸었다

---

* 　일본어 50음 중 하나. 가타카나 표기로 'no'라고 읽는다.

오미사키 여미도 개비

굶주린 커다란 바쿠가 느릿느릿 나타나
이 세상에 악몽이 있었네 하는 듯이
원자폭탄을 날름 먹어 치우고
수소폭탄을 날름 먹는다 했더니
지구가 확 밝아졌다

/ 1955년 2월

1955년은 핵실험 금지를 요구하는 운동이 세계 각지에서 확산하던 시기였다. 특히 1954년에 있었던 비키니 섬의 핵 실험으로 후쿠루마루 호를 비롯한 어선이 피폭당한 일본에서는 불안과 분노가 극에 달해 있었다. 전쟁을 혐오하는 시인이 생각하는 가장 큰 악몽은 수소폭탄과 원자 폭탄이었다. 그래서 시인은 이 무시무시한 악몽을 날름 먹어버리는 바쿠가 있으면 좋겠다, 모든 핵병기를 먹어서 없애줬으면 좋겠다고 생각한다. 핵병기를 다 없애버리면 지구와 인류의 장래가 밝아질 거라는 야마노구치 바쿠의 소망은 21세기의 우리에게도 절실한 소망이다.

구름 밑 雲の下

스트론튬이야
가만있어 봐
나는 얼굴을 찌푸리고 말하는데
스트론튬이 뭐예요
마누라가 노려보며 대답한다
가끔은 또 세슘이 번뜩이는 것 같아서
가만있어 봐 하며
얼굴을 찌푸리지 않을 수 없는데
세슘이든 뭐든
안 먹고 살 수 있나요 하고
마누라가 화를 낸다
이렇게 식욕은 무를 수 없는 것인지
마누라에게 야단맞고는
가타카나가 섞인 현대를 먹는다
그런데 어느 날 막 쪄낸
김이 나는 고구마에 얼굴을 파묻고 먹고 있으니
잠깐만 여보 하고 마누라가 부른다
나는 마치 한 수 무른 것처럼

그곳에서 현대를 의식했지만
무리해서 그렇게
먹지 마세요 한다

/ 1957년 10월

시인은 밥상을 앞에 두고 주고받는 부부의 대화를 통해 조용히 자기만의 방식으로 현대를 비판하고 있다. 일본어는 가타카나, 히라가나, 한자를 다 사용하는데, 현대 표기법에서 가타카나는 외래어 표기에 사용한다. 시는 지금까지 들어본 적이 없는 외래어인 '스트론튬', '세슘' 때문에 위협당하는 일상을 그리고 있다. 오염된 밥상이 불안하지만 살기 위해서는 가타카나가 섞여 있어도 먹을 수밖에 없는 것이 현실이다. 그래서 부부는 구름 밑에서 김이 나는 고구마에 얼굴을 파묻고 먹고 있다. 고구마는 18세기 초에 바쿠의 고향인 류큐에서 사쓰마(지금의 가고시마)에 전해졌다. 사쓰마 이외의 지역으로 반출이 금지된 구황작물이었지만 2차대전 말기에는 동경에서도 고구마를 심는 사람들이 많았다. 고구마는 서민들에게는 고마운 음식재료였다.

구름 위 雲の上

단 하나뿐인 지구인데도
갖가지 문명들이 웅성대며
달려들어 피로 물 들이고는
시시한 재를 뿌려대는데
자연의 의지에 거스르면서까지
자멸自滅하려는 것이 문명인 건가
어쨌든 수많은 국가가 있으니
만일 하나의 지구에 이의가 있다면
국가 수라도 없애는 제도가 있는
벌거숭이 같은 보편 사상을 발명해서
미국도 아니고
소련도 아닌
일본도 아니고 어디도 아니어서
어느 나라나 서로 붙어 앉아
지구를 껴안고 살아가는 거야
어쨌든 지구가 단 하나뿐인 거야
만약 사는 데 방해될 만큼
국가가 많은 것에 이의가 있다면

오빠에게 어디로 가나

살아갈 길을 개척하는 것이 문명이니

지구를 대신할 각각의 자연을 발명해서

밤이라도 되면 달이나 별처럼

저것은 일본

그것은 소련

이쪽이 미국이라는 식으로 말이야

우주의 어디서라도 가리키면은

깜빡거리고

비추고 하는 거야

정말이지 우주의 주인 같은 말을 하며

그는 그곳에서 일어섰는데

한 번 더 아래를 내려다보고

덮어쓴 재를 털면서

구름을 밟고 지나갔다

/ 1960년 1월

핵무기와 미사일 등의 군비 확장 경쟁으로 지구 파멸의 길을 걷고 있는 인간의 어리석음을 통렬하게 풍자한 시이다. 재를 덮어쓰고 있는 구름 아래도, 그것을 내려다보는 구름 위도 불안에 휩싸여 있기는 마찬가지이다. 시의 배경은 미소 냉전 시대이지만 소련이 붕괴하고 미소의 대립이 끝난 지금까지도 '서로 붙어 앉아 지구를 껴안고 사는' 보편 사상이 실현되지 못하고 있으니 안타깝다.

소와 주문　牛とまじない

노우마쿠잔만다바자라단센다
마카로시야다소와타요운타라타칸만
나는 그렇게 소리 내 외우며
절에서 나와서 바로 그 앞의 농가에 갔다
그곳에서 소고삐를 백 번 문지르고
다시 외우면서 절로 돌아왔다
절에서는 또 외우면서
본당에서 문으로 문에서 본당으로
돌계단을 왔다 갔다 하고는
합장도 백번이나 했다
벌써 반세기나 지난 옛날 일이지만
죽을 뻔했던 아버지는 살아남아서
사부로 덕분에 살았다고 했다
소를 보면 지금도
문명을 뛰어넘고 생각이 나는데
그 고삐라도 다시 문질러
버섯구름도 쫓아내 볼까

노우마쿠잔만다바자라단센다
마카로시야다소와타요운타라타칸만

/ 1961년 1월

초출은 「오키나와 타임즈」로 당시의 제목은 「소」였다. 시에 등장하는 주문은 진언종의 부동명왕 진언이다. 야마노구치 바쿠의 수필 「소와의 대면」에는 이 시가 만들어진 배경과 시 속의 상황이 소개되어 있다

「나는 빚 대신으로 갚아야 할 시를 따로 쓰지 않으면 안 되게 되었다. 그 시는 그림과 함께 신문의 신년 호에 낼 것이니, 그런 것으로 써 달라는 것이다. 생각해보니 내년이 소의 해였다. 소에 대해서는 지금부터 반세기 정도 전의 일인데 소와 관련된 추억이 있었다. 대정 초이니 나는 초등학생이었다. 아버지가 중병을 앓고 있어, 절에서 백번 기도를 드린 적이 있다. 그때 기묘한 주문을 경험했는데 스님의 지시에 따라 근처 농가로 가서, 어두운 외양간에서 소고삐를 백 번 문질렀다. 나는 어린 마음에 이런 것으로 병이 낫는다면 의사도 약도 필요 없을 것으로 생각했지만, 부모님은 정말 주문을 좋아했다. 오키나와는 유타, 혹은 카민츄라고 불리는 신을 모시는 아줌마들이 이곳저곳에 있는데 아버지와 어머니는 자주 유타를 불러 집안 곳곳에서 합장과 주문을 하게 했다. 나는 그런 종잡을 수 없던 옛날의 오키나와를 떠올리며 빚 대신에 시를 쓰지 않으면 안 되게 되었지만, 자업자득인지 그 시가 여전히 답보 상태로 잘 진척되지 않는 것이다. 할 수 없어 그림을 먼저 그리기로 하고 연말의 절박한 기분에 비가 내리는데도 오이즈미에 있는 도에이 촬영소 부근까지 나갔다.」(「牛との対面」)

6장

그리운 고향, 오키나와

섬에서 불어온 바람　島からの風

그래서 지금은
살아있는 것이 이상한 일이라고
섬에서 온 손님은 그렇게 말하고
전쟁 당시의 신세타령을 끝냈다
그런데 섬은 요즘
어떠냐고 물으니
이랬든 저랬든
이민족의 군정 아래 있는 섬인 거다
숨을 허덕이고 있는 건 변함 없지만
어쨌든 물자는 섬에 넘치고
사치품도 일상 필수품도
수입품이지 않은 것이 없고
꽃이나 사과 같은 나무도
비행기를 타고
하늘에서 섬으로 왔다고 한다
손님은 거기서 주머니에 손을 넣더니
이것은 그런데 오키나와 산産이라며
담배 한 갑을 툭 내밀었다

/ 1962년 12월

오키나와 어머...

미군의 지배에 있는 오키나와의 모습이 그려져 있다. 섬에서 불어온 바람은 어떤 바람이었을까? 몸에 끈적끈적 달라붙는 뜨뜻미지근하고 불쾌한 바람은 아니었을까? 고향소식을 전해 듣는 시인의 심경이 헤아려진다. 초출은 1962년이지만 시의 배경은 1950년 전후로 추정된다.

오키나와여 어디로 가나　沖縄よどこへいく

사피선의 섬
아와모리의 섬

시의 섬
춤의 섬
가라데의 섬

파파이야에 바나나에
향귤이 열리는 섬

소철과 용설란과 카지마루[*]의 섬
하이비스커스와 제오같은 진홍색 꽃들이
불꽃처럼 타오르는 섬

지금, 이렇게 향수郷愁에 이끌린 채로
어찌할 바 모르며
또 한 줄씩

---

* 용두. 열대, 아열대에 분포하는 뽕나뭇과의 상록교목

이런 시를 쓰는 이런 나를 낳은 섬

이제는 류큐琉球는 이름뿐인 것처럼
옛 모습은 하나도 남아있는 것이 없고
섬에는 섬과 같을 정도의
포장도로가 나 있다고 한다
그 포장도로를 걸어
류큐여
오키나와여
이제는 어디로 간다는 말이냐

생각해보니 옛날 류큐는
일본 것인지
중국 것인지
확실한 것은 서로 몰랐다고 한다
그런데 어느 해
대만에 표류한 류큐 사람들이

생번*때문에 살해당해 버렸다
그래서 일본은 중국에게
먼저 생번의 죄에 대해 몰아세웠지만
중국은 모른 척하며
생번은 중국이 관리하는 곳이 아니라고 했다
그래서 일본은 그렇다면 알았다며
생번을 정벌해 버렸는데
당황한 것은 중국이었다
중국은 돌변해서
생번은 중국의 관할이라며
일본에 말했다고 한다
그러자 일본은 바로
그렇다면 하고
군비 보상금과 피해자 유족 위로금 등을
중국에 받아낸 거다
이런 일이 있어
류큐는 일본 것이라는 것을
중국이 인정하게 되었다고 한다
그리고 얼마 안 있어

---

* 대만의 원주민

오키나와여 미요 개바

폐번치현**의 아래에서
결국 류큐는 다시 태어났고
이름을 오키나와 현이라 불리며
3부 43현의 일원으로
일본이 되는 길로 곧장 나아갔다
그런데 일본이 되는 길을 바로 가기에는
오키나와 현이 가지고 태어난
오키나와 말로는 불편해서 걸을 수가 없었다
그래서 일본어를 공부하고
혹은 기회 있을 때마다
일본어로 생활해 보는 식으로
오키나와 현은 일본이 되는 길을 걸어왔다
생각해보니 폐번치현 이후
70여 년을 걸어왔다
덕분에 나 같은 사람까지도
생활 구석구석까지 일본어를 사용하고
밥을 먹는 데도 시를 쓰는 데도 울고 웃고 화낼 때도
인생의 전부를 일본어로 살아왔는데
전쟁 같은 시시한 짓을
일본이라는 나라가 한 것이다

** 종래의 행정 단위였던 번을 현으로 바꾸고, 각 현에는 새롭게 중앙정부에서 현령(縣令)이 파견되었다.

그렇다고 해도
사피선의 섬
아와모리의 섬*
오키나와여
상처가 깊고 심하다고 들었다만
건강해져서 돌아와야 한다
사피선을 잊지 말고
아와모리를 잊어버리지 말고
일본어를 쓰는
일본으로 돌아오는 거다

/ 1951년 7월

---

*   사피선은 류큐의 전통악기, 아와모리는 좁쌀로 만든 류큐의 전통주이다.

야마노구치 바쿠의 작품 중에 가장 긴 시이다. 미 군정의 지배를 받게 되어 이제는 갈 수 없는 고향이 되어버린 오키나와의 운명을 걱정하는 시인의 애타는 심경이 드러나 있다. 류큐는 1879년 9월, 경찰과 군대를 동원한 '류큐 처분'으로 오키나와 현으로 재탄생했다. 시인은 그리운 고향 류큐의 자연과 문화, 그리고 일본에 귀속되는 과정을 담담하게 그려낸다. 오키나와는 이 시가 발표된 다음 해인 1952년에 미일 평화조약 3조에 의해 반영구적으로 미군의 점령하에 놓이게 된다. 바쿠는 창작의 배경에 대해 같은 제목의 수필에서 다음과 같이 밝히고 있다.

「강화조약이 맺어진 것은 소화 26년 9월이었다. 그 직전이었는데, 나는 한 편의 시를 쓰지 않을 수가 없었다. 그 시는 패전 후 일본 본토에서 떨어져 나간 오키나와를 생각나게 한 것으로, 말하자면 고향을 그리는 나의 마음을 노래한 것이다.」

후물림의 추억　おさがりの思い出

풍경이든
풍속이든
옛날 오키나와의 모습은
이제는 찾아볼 수도 없다고 한다
나는 전후의
고향 이야기를
풍문으로 들으면서
가지마루 나무를 눈앞에 떠올리고
제오 꽃을 눈앞에 떠올리고
소년이던 날에 입고 걸었던
형에게 물려받은
파초 천으로 만든 옷을
눈앞에 떠올리곤 했다

/ 1952년 8월

시에 등장하는 형은 1945년 11월에 영양실조로 세상을 떠났다. 오키나와는 가지마루 나무와 제오 꽃, 형이 물려준 옷이 존재하던 장소였다. 이제는 만날 수 없는 형과 돌아갈 수 없는 고향에 대한 그리움이 배어 나오는 시이다.

귀와 난민* 풍경　耳と波上風景

나는 종종

난민의 풍경을 떠올린다

동지나해의 그 쪽빛

쪽빛을 내려다보며

거대한 목을 받치고 있는 절벽

절벽 저편의

케라마慶良間** 섬

풀밭에 바위 뒤에 드문드문 보이는

유카타***와 파초 천으로 만든 옷을 입은 유녀들

어느 날은

용설란과 아단

그 사이로

멀리 있는 수평선

통나무 배와

---

* 波の上, 나미노 우에. 오키나와 방언으로 난민이라 읽는다. 오키나와 나하 시에 있는
신사로 바닷가 절벽 위에 위치한다.

** 동지나해 상에 여기저기 흩어져 20여 개의 섬. 오키나와 현 나하 시에서 서쪽으로 약
40킬로 떨어진 곳이다.

*** 여름철에 입는 홑옷

얀마루센*이 다니는
그리운 바다
오키나와 사람이 떠올리지 않을 수 없는 풍경
나는 소년이었을 때
귓병을 앓았는데
난민에 다니면서
수영하고 잠수하고 해서이다
지금도 감기가 들면
윙윙거리는
추억이 있는 귀이다

/ 1953년 3월

---

* 류큐제도에서 옛날부터 사용해오던 범선. 해운, 해상교통 수단으로 이용되었다.

오키나와 어디로 가나

야마노구치 바쿠의 망향가이다. 귓병이 날 정도로 열심히 뛰어놀던 바닷가, 집에서 매일 다니던 난민 신사, 신사 근처의 유곽에서 놀러 나온 아름다운 유녀들, 바다 위에 점점이 떠있던 배와 섬들, 시인이 떠올린 소년 시절의 추억이 애절한 그리움이 되었다. 야마노구치 바쿠와 난민 신사를 언급한 아사히 신문의 연재기사 '사랑의 여행자, 야마노구치 바쿠와 시즈에'편을 소개한다.

「나하 시의 나미노우에는 야마노구치 바쿠 씨에게 방랑의 원점이 된 장소이다. 집 안은 몰락하고, 지인에게서도 내쳐진 바쿠는 자연스럽게 나미노우에와 인근의 쓰지 유곽, 오우야마 공원 등에서 노숙하는 생활을 시작했다. 나미노우에 주변을 콘크리트 고가 도로가 지나고, 그 앞바다도 자동차 도로 건설이 진행되고 있다. 「귀와 난민 풍경」에서 바쿠가 '오키나와 사람이면 떠올리지 않을 수 없는 풍경'이라고 노래했던, '유카타와 파초 천으로 만든 옷을 입은 유녀들', '통나무 배와 얀마루센'은 어디에도 없다. 그러나 해변에 가까운 공원의 구석진 나무 밑에는 노숙자들의 텐트가 줄지어 있다. 어느 시대나 방랑을 할 수밖에 없는 사람들은 있다.」 (2007년 3월 24일)

가지마루 나무   がじまるの木

내 고향은 류큐인데
그곳에는 아열대와 열대의
다양한 식물들이 살고 있다
가지마루 나무도 그중 하나로
나이를 먹을수록 기다랗게
수염을 늘어뜨리는 나무이다
폭풍에는 강한 나무이지만
마음씨가 유별나게 상냥해서
나무타기 하러 온 아이들이
하고 싶어 하는 대로
몸을 내주는
손자를 봐주는
어르신 같은 나무이다

/ 1953년 6월

오키나와 어머니 께

「사실 오키나와의 폭풍은 엄청나서 풍속 50m, 60m가 휘몰아친다. 그것도 한나절이나 하루가 아니다. 사람들은 사나흘 동안 집안에 갇혀있지 않으면 안 된다. 소년 시절 나하의 중앙부에 있던 커다란 가지마루 나무가 줄기 채 부러진 적이 있었는데 그 가지마루 나무는 어른 서너 명의 힘이 아니면 들 수도 없는 커다란 줄기를 가지고 있었다. 가지마루 나무는 오키나와의 나무 중에서 가장 유연성이 좋은 나무이니, 얼마나 맹렬한 폭풍이 었는지 짐작할 수 있게 한다. 가지마루 나무는 열대 식물로 상록 교목이며, 잎은 타원형이고 잎살이 두터우며, 줄기와 가지에서 수염처럼 뿌리를 늘어뜨리고 있어 일명 용수榕樹라고도 불리는 나무이다. 우리 집 우물 옆에도 중년의 가지마루 나무가 있었는데 폭풍에 흩날리는 모습을 덧문 틈새로 내다본 적도 있다.」(「暴風への鄕愁」, 山之口貘)

불침모함 오키나와　不沈母艦沖縄

수례문이 없는 오키나와
숭원사가 없는 오키나와
가지마루 나무가 없는 오키나와
제오 꽃이 피지 않는 오키나와
나하의 항구에 얀바루센이 없는 오키나와
동경에서 30년을 보낸 내가 아는 오키나와와
전혀 다른 오키나와라고 한다
그래도 오키나와에서 왔다고 하면
수례문은 어떻게 되었냐고 물어보고
숭원사는 어떻게 되었냐고 물어보고
가지마루와 제오 꽃에 대해서 물어보았다
이윽고 전쟁의 참극에서 일어나서
상처뿐인 육체를 질질 끌고
오키나와가 간신히 살아남은 곳은
불침모함 오키나와이다
지금 팔십만의 비참한 생명이
갑판 구석으로 내몰려
철과 콘크리트 위에서는

오키나와 여기도 개나

농사를 지을 방법도 없어
죽음을 달라고 외치고 있다

/ 1956년 6월

오키나와의 가혹한 현실에 대한 야마노구치 바쿠의 분노와 비애가 느껴지는 시이다. 1952년 4월 28일에 발효된 대일강화조약으로 오키나와는 미국의 시정권* 하에 놓이게 되었다. 불침모함(침몰하지 않는 항공모함)이란 미군기지로 강제 접수되어 버린 오키나와의 비참한 현실을 나타내는 말이다. 불침모함의 갑판 구석으로 내몰린 오키나와 사람들은 삶의 터전인 토지를 빼앗기고는 살아갈 수가 없다. 그래서 '죽음을 달라'고 절규하는 거다. 류큐 왕국의 상징인 수례문과 숭원사는 오키나와 현민의 25%가 희생당한 오키나와 전투로 소실되었다. 가지마루와 제오는 오키나와를 대표하는 수목이며, 안마루센은 류큐의 바다를 누비던 무역선이다. 이 모든 것, 자신이 기억하는 오키나와를 돌려달라고 바쿠는 외치고 있다.

시의 초출은 1956년 6월 27일 자 동경신문으로, 같은 해 10월 극단 '문화 좌'에서 공연한 히노 아시헤이火野葦平 원작의 연극 「찢어진 밧줄」의 팸플릿에도 게재되었다. 극단의 공식 사이트에 의하면 이 연극은 '전후 미군 점령하에 놓인 오키나와 문제를 처음으로 드러낸 작품'으로 오키나와 현민의 고뇌를 그린 것으로 반향을 불러일으켜 공연장의 문을 열고 공연할 정도로 관객이 많았던 전대미문의 공연이었다고 한다.

다음은 1953년에 잡지에 발표한 야마노구치 바쿠의 글이다.

「나는 동경에 살고 있으니 그 비참함을 직접 알 수는 없었지만, 신문 보도나 풍문으로, 사진으로, 혹은 기회 있을 때마다 류큐에서 온 사람을 만나서 물어보며 상상할 수 있었다. 듣기로는 나라가 바뀌어도 산천은 남아있다는 말과 달리, 지세마저 변해버려 수목이라는 수목은 전부 당했다고 한다. 5월이 되면 류큐에는 제오 꽃이 핀다. 제오는 큰 나무로 그 줄기는 어른 두세 명이 안을 정도이다. 꽃은 진홍색으로 코발트 색 하늘에 타오르는 불꽃 같았던 것도 잊을 수 없고, 가지나루 나무와 복목福木도 지금은 거의 찾아볼 수 없고 모든 문화재가 형체도 없이 사라져 버린 것이다」(「祖国琉球」, 山之口貘)

---

* 신탁 통치 지역에서 입법, 사법, 행정의 삼권을 행사하는 권리

양계장 풍경　養鷄場風景

남쪽 기지의 섬에서 막 올라온

눈만 빛나는 그 남자가 말했다

뭐니뭐니해도

역시 동경이야

껑다리 놈들까지 정말이지

점잖게 걷더군 했다

네 눈이 이상한 거 아니냐고 하니

껑다리도 껑다리 나름이라

기지 녀석들은 종자가 완전 다른 것처럼

거들먹거리는 데다

성질이 거칠어서 살 수가 없다고 한다

동경 쪽은 레그혼*이고

기지의 섬 쪽이 샤모**인 건가 라고 하니

남자가 갑자기 멈춰서더니

얌전한 놈들 맞잖아 하며

턱짓을 하며 눈앞을 가리킨다

/ 1957년 8월

---

* 　닭 품종. 이탈리아 산으로 영국, 미국에서 개량되었다.

** 　닭 품종. 투계용 닭.

당시의 오키나와에서는 살인, 상해, 부녀 폭행, 방화 등의 미군 범죄가 빈번하게 일어났다. 1955년에 일어난 6세 여아 폭행 치사 사건, 8세 여아 폭행 치상 사건 등은 그 대표적인 예이다. 게다가 오키나와의 입법, 사법, 행정의 전 권한은 '고등 법무관 제도'에 의해 현역 육군 중령인 고등 법무관이 가지고 있었기 때문에 가해자인 미군이 무죄판결을 받는 일도 많았다. 오키나와 사람을 차별하고 무시하는 섬의 미군과 점잖아 보이는 동경의 미군을 싸움닭 '샤모'와 산란용 닭인 '레그혼'으로 비유한 것이 재미있다. 오키나와에 대한 차별을 언급한 야마구치 바쿠의 수필 「水の話」를 소개한다.

「오키나와에 기지를 구축한 나라에, 인종 차별적인 감정이 있는 것은 신문이나 잡지로 알았지만, (중략) 예를 들어 기지 건설을 위해 군 작업에 종사하고 있는 인종은 미국인, 본토인(일본인), 필리핀 사람 등이 있는데, 그중에서도 오키나와 사람의 임금이 최저인 것은 알고 있었지만, 1956년 6월 현재의 자료에 의해 동일 직종 노동자의 최저 시급 임금 비율을 봐도 오키나와 사람의 임금은 미국인의 12분의 1이고, 일본인의 8.3분의 1, 필리핀 사람의 5.2분의 1이라는 가혹한 것이어서 인간의 이성으로 구별한 임금이라고는 믿을 수 없을 정도로 감정에 치우친 차별 임금이라고밖에 해석할 수가 없다.」

오키나와 풍경　沖繩風景

그곳의 마당에는 언제나
싸움닭들이 피에 굶주려 있다
타우치*들은 각자의
미바라** 안에서
어깨를 들썩거리며
정말 자신 있는 것처럼
싸우는 그 날을 애타게 기다린다
아카미네 집의 노인은 아침마다
담배통을 매달고
툇마루에 앉아서
마당에 있는 타우치의 심기를 살폈다
오늘 아침도 탄메***는 툇마루에 나왔는데
담뱃대가 막혀버린 것일까

---

* 　싸움닭. 오키나와 방언.
** 　양계용 조롱. 오키나와 방언.
*** 　노인. 오키나와 방언.

탕하고 두드리는 그 소리에
타우치들이 일제히
휙하고 목을 젖혔다

시인의 기억에 남아있는, 지금은 잃어버린 타우치, 미바라, 탄메 같은 오키나와 방언
을 사용하던 전쟁 전의 평화로운 오키나와의 모습이다. 그런데 닭은 정말 노인의 담뱃대
두드리는 소리에 일제히 목을 젖힌 걸까? 오늘 아침은 언제였을까? 긴장하는 싸움닭의
모습에 전쟁 직전의 위태로운 분위기가 연상되고, 총성처럼 들리는 '탕'이라는 의태어가
묘한 긴장감을 조성하고 있다. 이 시의 초출은 1957년 1월 1일 자 류큐 신문이다. 야마노
구치 바쿠는 다음 해인 1958년 11월, 34년 만에 고향을 방문하게 된다.

6장 그리운 고향, 오키나와 **209**

섬에서 있었던 이야기 島での話

왔어, 검은 것이
라고 말하면
여자는 물론이고
아이들까지 허둥지둥
쏜살같이 도망쳤다고 한다
그래서 그거라고 금방 알 수 있는
정말 새까만 남자아이였는데
그 아이마저 당황해서
다 같이 함께
쏜살같이 도망쳤다고 한다

/ 1959년 11월

첫 행의 '검은 것'은 오키나와에 들어온 흑인 병사를 가리키고, '정말 새까만 남자아이'는 오키나와의 여인이 낳은 혼혈아를 말한다. 시는 혼혈아가 태어나고 있는 오키나와의 현실을 보여주고 있다.

설날과 섬 正月と島

사용하는 말
은 일본어이고
사용하는 돈
은 달러다
일본 같으면서
그렇지도 않은 것 같은
종잡을 수 없는 섬이다
그건 그렇고 과연
아열대의 섬
눈을 모르는 풍토는
옛날 그대로인 오키나와라서
설날 파티에
선풍기 서비스라며 찾아왔다

/ 1960년 1월 1일

오키나와 어디로 가나

야마노구치 바쿠는 1958년 11월 5일부터 1959년 1월 5일까지 2개월 동안 오키나와에서 지냈다. 오키나와의 가정은 전통적으로 음력으로 설을 쇠는 집이 많지만, 시에 등장하는 설날은 바쿠가 오키나와에 있을 때이니 신정인 1월 1일이다. 바쿠의 수필 「오키나와는 살아있다」에는 설날 파티 때의 불유쾌한 기억이 남겨져 있다.

「그런데 설날 어느 카바레에 초대받아 7, 8인의 벗들과 함께 기분 좋게 춤을 추고 있었다. 그곳에 피부가 희고, 키가 큰 사람이 들어와서는 수상쩍은 얼굴로 우리 쪽을 보고 있어서 한마디 할 것 같다고 생각했더니 아니나다를까 불평을 말했다. 나중에 물어보니 조용한 음악을 듣고 싶었다는 거다. 나는 몹시 화가 났다. 보통이라면 우리가 먼저 와있었기 때문에 다툼이 일어났을 것이다. 그러나 우리는 참지 않으면 안 된다, 상대에게는 기지라는 배경이 있다, 덤비는 것은 결국 기지에 덤비는 것이 되니 덤비는 쪽이 이상해진다. 상대가 먼저 왔다면 이쪽은 물론 조심했을 테지만 우리가 먼저 와서 즐기고 있는데 불평을 하다니, 상식적으로 조심해야 할 쪽은 상대방이다. 그런 일이 일상생활 접촉에서 있다. 말하자면 감정생활상에 우월감이 있다는 거다. 그리고 그 감정생활상에 오키나와의 전후 열등감이 있다.」(「沖縄は生きている」, 山之口貘)

섬　島

어네스트 존인가
미사일인가가
그곳에 모여
하늘을 올려다보고 있다
극동에서 불안이 계속되는 한
그러고 있는 거야
하고 미사일 주인은 말하지만
섬은 그래서 여기저기
철조망으로 나누어져 있다
사람들은 콧등을 철조망에 문지르며
오른쪽으로 피하고는
왼쪽으로 피하고
철조망을 따라서 나갔다가
철조망을 따라서 돌아온다

/ 1960년 1월

철조망을 끼고 살아가야 하는 오키나와의 현실을 지적하고 있다. 바쿠의 기억 속에 존재하는 오키나와는 그의 시 「가지마루 나무」, 「귀와 나미우에 풍경」에 등장하는 조용하고 한가로운 모습이지만, 34년 만에 방문한 고향에서 그가 목격한 것은 미사일로 무장하고 철조망을 두른 섬의 모습이었다. 어네스트 존은 MRG-1이라고 하는 미국의 핵탄두 탑재 지대지 미사일이다. 당시에는 M31, M50으로 불렸다. 오키나와에는 1953년 12월에 배치되었다. '극동의 불안이 계속되는 한' 미사일이 하늘을 올려다보고 있을 거라는 미사일 주인의 주장대로 지금도 여전히 오키나와의 미사일은 하늘을 올려다보고 있다.

총탄을 덮어쓴 섬　弾を浴びた島

섬의 땅을 밟자마자
간쥬이* 하고 인사했더니
예 덕분에 잘 지냅니다
섬사람은 일본어로 대답한다
향수鄉愁는 살짝 당황해서
우치나구치마딘, 무루**
이쿠사니, 삿타루바스이*** 라고 하니
섬사람은 쓴웃음을 지었지만
오키나와 말을 잘하시네요 하고 말했다

/ 1963년 3월

---

* 　안녕하세요.
** 　오키나와 말까지 전부.
*** 　전쟁에 당한 건가.

34년 만에 고향을 방문한 야마노구치 바쿠는 생각했던 것 이상으로 변해버린 오키나와의 모습에 충격을 받았다. 고향에서 돌아온 후 거의 6개월 동안 시를 쓰지 못했다고 하니, 그가 받은 충격의 정도가 짐작된다. 시에는 '총탄을 덮어쓴 섬'이 되어버린 고향, 자신들의 말을 잃어버린 오키나와에 대한 시인의 비통한 심경이 담겨있다. 야마노구치 바쿠의 이야기를 들어보자. 그의 마지막 인터뷰를 정리한 잡지 『太陽』의 1963년 9월호 기사를 소개한다. 인터뷰는 6월 중순경에 있었고, 바쿠는 7월 19일에 위암으로 세상을 떠났다.

「나는 4, 5년 전에 고향 오키나와에 돌아갔는데, 나로서는 34년 만이었다. 그 34년분의 향수 속에 나는 오키나와의 방언에 대한 특별한 감정을 안고 있었다. 특히 방언에 대한 향수를 가지고 있었다는 것은 내가 오키나와 출신이기 때문이었을 거다. 본토 사람은 오키나와를 여행해도 오키나와 사람이 일본어를 쓰는 것을 이상하게 생각하지는 않을 것이다. 그러나 나의 오키나와에는 방언이 있다. 나는 그 방언을 쓰며 자랐다. 오키나와에 도착했을 때 입에서 툭 튀어나온 것이 그 향수 덩어리 같은 방언이었다. "간쥬윤아티(괜찮나요?)"하고 인사를 했다. 그러니 오키나와 사람이 "예, 덕분에" 하며 망설임 없는 일본어로 대답하는 거다. 나는 향수가 잘려나간 것 같은 묘한 기분이 들었다.」

7장

피난지, 이바라기

토지 1 土地 1

도네 강을 건너
사철私鉄로 갈아타니
갑자기 기차 안이
이 지방다워지는군
새끼, 바보 새끼
이 새끼
그런 말이 제멋대로 귀로 들어오니
이 지방다워진 건가
곤란해져서
피난 온 거군 하고
이 지방 출신의 아내에게 말을 거니
아내는 약간 당황했는지
이 바보 새끼가 하며
말을 미처 다 못했다는 듯이
오키나와 출신인
주제에 라고 한다

/ 1947년 6월

오키나와 여미조 개나

토지 2 土地 2

동쪽에 감나무, 서쪽에는 떡갈나무
남쪽은 밤나무가 섞인 소나무 숲
대밭을 등지고 그곳에
낡은 함석지붕을 덮어쓰고
고개를 갸웃거리며 서 있는 집
여기가 우리의 피난처이며
아내의 고향 집이다
컴컴한 집 안에 있던 노파가
일어나 마루로 나와
잘 왔다며 이 없는 입을 벌렸다
아내의 여동생을 많이 닮은 얼굴이다
노파는 양손을 내밀며
아내 등에 업힌 아이에게 말했다
왔구나 내 새끼 하고 말했다

/ 1947년 6월

토지 3   土地 3

살면 살수록 내 주변이
다양한 새끼로 변해간다
피난 당시의 아기도
어느새 완전히
미미코 새끼가 되어
덧기운 몸뻬에
빨간 끈이 달린 빨간 나막신을 신고
이제는 이 지방을 제대로 밟고
쥐를 보면
쥐 새끼
고양이를 보면
고양이 새끼
때로는 이 새끼 바보 새끼 하며
아버지인 나에게 재잘거린다
둔갑하기 전에 이 지방에서
떠나고 싶다고는 생각하는데 말이다

/ 1947년 6월

연작인 토지 1, 2, 3은 1947년 6월에 발표된 작품이다. 바쿠는 1944년 12월, 공습이 심한 동경을 떠나 아내의 친정이 있는 이바라기 현 이이누마로 피난을 떠났다. 딸인 미미코는 피난 6개월 전인 1944년 3월에 태어났다. 이 지방은 말 뒤에 '새끼'를 붙여 부르는 습관이 있어, 고양이도 쥐도 고양이 새끼, 쥐 새끼가 되어 버린다. 그러다 보니 미미코도 아버지에게 '이 새끼, 바보 새끼'라고 말하는 아이가 되어 버린 것이다. 농민들이나 쓰는 말투를 그대로 사용하는 딸을 보고 바쿠는 얼마나 당황했을까? 미미코라 불렸던 야마노구치 이즈미의 회상을 소개한다.

「아버지는 젊을 때는 이쪽저쪽으로 잠자리를 찾아 옮겨 다니고, 룸펜 생활 같은 것도 한 것 같지만, 원래는 엉덩이가 가벼운 사람이 아니었다. 앉으면 앉은 채로 쉽게는 일어나지 않는 무거운 엉덩이를 가졌다. 그런 아버지가 피난 생활을 3년 반 만에 그만둘 마음이 생긴 것은 아무래도 그 지역과 안 맞았기 때문인 것 같다. 예를 들면 언어도 그랬던 것 같은데, 아버지는 어린 내가 그 지방 말로 이야기하는 것을 아주 싫어했다. 아버지와 엄마는 동경에서 선을 보고 결혼했기 때문에 아버지는 피난 와서 처음으로 그 지방의 말투와 만났는데 익숙해질 때까지 전부 싸울 듯이 말한다고 여겨 무서워했다고 한다.」
(『月田家のこと』)

대밭과 그 정경 竹畑とその点景

대밭을 한 바퀴 둘러보고
사러 온 남자는 이렇게 말했다
한 단이 스무 냥
백 단으로 어림잡아 이천 냥
그래서 바로 결정되었다
노파는 손에 처음으로 무거운 돈을 쥐었다
여든둘이 되었다고 한다
노파의 얼굴을 한 번 휙
큰아들이 쳐다보고 말했다
그냥 죽을 수 없는 세상이야
관 하나에 천 냥이나 한다고
그래서 이야기는 바로 마무리되었고
돈은 장례비로 바뀌기 위해
노파 손에서 아들 손으로 떨어졌다
대숲은 금방 드문드문해졌고
즈쿠시 산이 보이네 하고 노파가 중얼거렸다

/ 1947년 7월

냥은 화폐 단위(엔, 円)로 생각하면 된다. 1947년 당시에는 쌀 10킬로에 150엔이었다. 지금은 쌀 가격이 10킬로에 2,000엔 정도이니, 넓은 대밭이 드문드문해질 정도로 베어 낸 대나뭇값인 2,000냥은 2만8천 엔 정도가 된다. 단순하게 환산하면 장례비 정도의 돈밖에 되지 않는다는 아들의 말이 그럴듯하게 들리지만, 전후의 식량난을 고려하면 당시의 2,000엔은 상당히 고액이었을 것으로 생각된다. 참고로 일본 소비자협회의 조사에 의하면 현재 일본인의 장례비용 총액은 200만 엔이라고 한다.

도시락 弁当

개찰구 행렬 속에 웅크리고 앉아
도시락을 펼치는 눈앞에
푸석하게 부은 얼굴이 서 있다
밥풀이 붙어있는
고구마 하나를 그에게 주고
먹으려고 하는데 또 멈춰 섰다
전쟁고아인지 결식아동인지
희끗희끗한 옷을 입은 아이가 둘이다
하나씩 주니 낚아채듯이 먼지 속으로 사라져 버렸다
먹으려고 하는데 또 멈춰 섰다
푸석하게 부은 아까 그 아이인데
눈이 마주친 찰나 눈인사를 떨어트리고 그대로 지나가 버렸다
그래서 나는 서둘러
남은 것을 먹어치웠다
생각해 보니 서로 너무 솔직해서
초라해진 걸까
패전국의 도시락 그 자체가
있는 그대로도 양이 모자란 건데

/ 1947년 7월

오사채서 여러요 가버

희끗희끗한 옷은 서리가 내린 것 같은 흰 반점 모양이 있는 옷을 말한다. 전쟁 중에 교복 대용으로 입었던 옷이었을까? 배고픔 앞에서는 아이나 어른이나 똑같다. 시인도 마찬가지다. 가뜩이나 양이 적은데, 자꾸만 발길이 멈춘다. 한 번 얻은 먹은 아이가 양이 모자라 다시 오지만, 눈이 마주친 순간 이제는 주지 않을 것을 알고 돌아선다. 다시 빼앗기지 않기 위해 서둘러 음식을 입에 넣으면서 시인은 생각한다. '나는 참 초라한 인간이구나'.

피난민 疎開者

갈 때도 올 때도 얼굴에 걸리니
마을 길은 거미집 때문에 성가시다
그래서 처남이 뒤쪽 대밭에서
어린 대나무 하나를 잘라 왔다
대나무는 바로 막대기로 변했다
나는 막대기를 휘둘러
거미집을 털어내고
휘둘러서는 털어내고
새벽길을 서둘러 마을 역으로 가지만
해가 지며는 또 막대기를
휘두르고 휘둘러 집으로 돌아온다
어느 날 나는 동경의 근무지에
막대기를 놔둔 채 돌아왔다
아내의 말을 듣고 뒤돌아보니
막 벗어 던진 철모에
먹빛 거미가 달라붙어 있다

/ 1947년 9월

야마노구치 바쿠는 자신의 시를 창작 연도와 역순으로 배열했는데, 이 시는 '패전국의 도시락'이라는 표현이 나오는 시 '도시락'의 바로 앞에 위치한다. '피난민'이라는 제목과 '철모'라는 단어 때문에 전쟁 중에 쓴 시라는 의견도 있지만, 시의 나열 순서로 봐서는 전쟁이 끝난 후에 쓴 시인 것 같다. 바쿠의 가족은 1944년 12월부터 1948년 3월까지 아내의 친정이 있는 이바라기에서 생활했고, 바쿠는 그동안 동경으로 통근했다.

「당시, 아버지는 시타야의 직업소개소에 근무했고, 이바라기 현 유키의 그 작은 마을에서 동경까지 매일 기차로 통근했다. 옛날이라 정거장이 있는 마을까지 대략 4km 정도의 거리를 뚜벅뚜벅 걸어갔다. 아침 일찍, 여름에는 네 시, 겨울에서 다섯 시에 집을 나서지 않으면 안 되었다.」(「最初の記憶」, 山之口泉)

동쪽 집　東の家

시계를 사고는
시계를 샀다고
라디오를 사고는
라디오를 샀다고
집을 짓고는
집을 지었다고
부탁도 안 했는데 그런 일만
하나하나 보고하러 오는데
쌀로 샀다 쌀로 지었다
요컨대 그것이 자랑이다
동쪽 집에서는 그날도 또
쌀로 사 왔는지
올림머리를 한 외동딸이
흔들리는 말을 타고
새신랑을 사 왔다

/ 1948년 7월

소화 23년(1948년) 『改造』 7월호에 발표된 시로, 당시의 제목은 「농촌 풍경, 동쪽 집」이
었다. 비슷한 제목의 시로 「서쪽 집」, 「동쪽 집과 서쪽 집」이 있다. 오키나와 현립 도서관
에 보관되어있는 야마노구치 바쿠 문고의 야마노구치 바쿠 자필 원고의 해설에 의하면
1944년부터 1948년까지 4년간의 이바라기 생활에서 보고 들은 것을 적은 작품이다.

시골 在

마을 사람에게는 지나치게 공손히
짚으로 만든 실내화를 꺼내 권하면서
피난민은 모르는 체하는 건가
이런 식으로 나 같은 사람은
어디에 가도 홀대당하는 거라고
이발소 아저씨를 보며
나는 그야말로 오해를 했다
아저씨는 정말로
멋진 생각을 한 것으로
지나치게 공손해 보여도
바닥을 더럽히지 않기 위한 실내화이고
마을 사람들이 모두
밭에서 바로
흙 묻은 발로 오기 때문이었다

/ 1948년 8월

팻말 立札

그들은 모두
숨어 있었던 거야
개미니 파리니 송충이니
거미니 뱀이니 개구리이니 하며 각자 편한 장소에 자리 잡고
일제히 계절을 부르고 있는 거야
처남은 슬슬 또 시작이군
수건을 머리에 두르고 직접 만든 작살을 들고
위쪽 밭으로 나가게 되었어
올해는 아직 한 마리도
작살에 당한 놈을 못 봤지만
지렁이란 놈은 이미 위쪽 밭을 망쳐 놓았다고 하는군
결국 이쯤에서 세상도
더워지기만 했는지
그들은 모두
숨어 있었지만
초록을 연모해 계속 다양한 모습을 지상에 드러냈던 거야
이웃 마을에서는 벌써 마을 입구에
여름용인 것을 한 개

오사카여 어디로 가나

세웠어
마을 협의에 의함
비렁뱅이와
잡상인의 출입을
사절한다고 적혀있군

/ 1948년 8월

야마노구치 바쿠는 이 시를 발표하기 한 달 전인 1948년 7월에 시인으로서만 살 것을 결심하고, 삼 년 반 동안 신세를 졌던 이바라기를 떠나 동경으로 집을 옮겼다. 시「생활의 무늬」에서 자신을 '여름용'이라고 노래했던 시인이 여름용 벌레와 여름용 인간을 쫓아내려고 하는 마을 사람들에게 공감할 수 있었을까? 여름이 되자 모습을 드러내며 기어 나오는 벌레와 비렁뱅이, 잡상인의 모습을 통해, 시인은 자신이 경험한 시골 마을의 여름을 경쾌하게 그려내고 있다.

암거래와 공정 가격   闇と㊤

고구마를 얻고
파를 얻고
담뱃잎도 몇 장인가
얻은 것도 확실하지만
얻으러 가서
얻어 온 것은 아니었다
피난민은 너무 딱하다며
농사꾼이 뒷문으로 들여다보고는
먹어 보라고 내밀어서 그것을 받았고
들여다보고는 또 그것을
피어 보라고 내밀어서 받았던 거다
이렇게 시작한 교제로
아내와 내 것을 합해 백오십 엔
그 농사꾼에게 빌려줬다
농사꾼은 바로 빚을 갚으러 왔지만
쌀로 받으면 안 되겠냐며

깎아서 한 되 정량의
암거래를 그곳에 두었다
빌려준 돈은 공정 가격이건만

/ 1948년 8월

공정 가격이란 중일 전쟁 중에 행해졌던 가격 통제령과 2차 대전 후의 물가 통제령에 따른 공정 가격제를 말한다. 전후 일본은 극심한 인플레이션에 직면하게 되는데, 1949년의 물가는 1945년의 70배, 1936년의 220배였다. 일본 정부는 오르는 물가를 잡기 위해 가격 통제를 시작했지만, 정부가 제시한 공정 가격으로 살 수 있는 물건은 언제나 부족한 상태여서, 전국 각지에 암거래 시장이 형성되었다. 암시장에서는 공정 가격이 아닌 암 가격으로 거래가 이뤄졌는데, 1945년 10월의 조사에 의하면 공정 가격으로 한 되 53전인 쌀이 암 가격으로 70엔, 1관에 3엔 75전인 설탕은 1,000엔, 1개 10전인 주먹밥은 8엔이었다고 한다.

파리   蠅

우리를 이 지방에서는
피난민, 피난민이라고 막 부르지
숯 가게에 있는 게
숯 가게 피난민
계란 가게에 있는 건
계란 집 피난민
앞집 건 앞집 피난민
뒷집 건 뒷집 피난민
우리 가족도 또한 다 같이
야스다 집 등 뒤에 매달려 있으니
야스다 집 피난민이라 불리는 거야
언젠가는 모두 이 지방에서
쫓겨나거나 날아오르거나 할
나막신 신고 구두 신은
파리인 거지
우리는 이렇게 손을 비비고 비비지만
하늘을 보며
마음 졸이는 거야

/ 1947년 7월

초출은 1947년 7월 20일 자 아사히 신문이다. 게재 당시의 제목은 「농촌 풍경, 파리」
였다. 야마노구치 바쿠는 1944년부터 1948년까지 아내 시즈에(결혼 전 성이 야스다)의 친정
에서 피난 생활을 했다. 당시에는 동경 직업 안정소에서 정직원으로 근무하고 있었기 때
문에 매일 4시간씩 기차 통근을 해야만 했다. 처음이자 마지막이었던 정직원 신분이었
지만, 시인은 자신의 처지를 언제 쫓겨날지 몰라서 신발을 신은 채로 마음 졸이고 있는
파리 같은 존재라고 노래하고 있다. 전시 중의 피난 생활이 얼마나 힘들고 어두웠는지
느낄 수 있다.

양배추   きゃべつ

팔 만큼 심지는
않았다면서도
금방 뒷밭에 가서
한두 개는 들고 온다
얼마지요 하고 지갑을 꺼내면
고개를 가로저으며
돈은 필요 없으니 그냥 가져가라고 한다
그래도 얼마입니까 라고 물어보면
모르는 사람도 아닌데
비싸게 받으면 미안해서
받을 수가 없다고 한다
그래도 어쨌든 얼마인지
얻으러 온 게 아니니까 하고 말하면
순면 손수건이라도 한 장
가지고 싶은데 라고 대답한다
그런데 양배추는 말이 없었다
팔든지 팔리지 않든지 사든지 살 수 없든지
입 다물고 있으면 되는 거다

/ 1948년 8월

오이냉채 머디로 개마

아무리 물자가 귀하다 해도 시골 인심이 너무 야박하다. 양배추 한두 개 값이 순면 손수건 한 장이라니 시인은 할 말이 없다. 1937년부터 나일론 같은 화합 섬유를 섞어 사용하는 것이 의무화되어 있어서 순면 손수건은 아주 귀한 물건이 되었다. 게다가 1948년까지 순면 제품 생산이 금지되어 있었는데, 순면 손수건을 가지고 싶다니 뭐라고 답을 해야 할까?

도네 강 利根川

그 유역은
이미 누렇게 되었다
물은 점점
탁해졌다
물은 점점
차올랐다
물은 철교를 스칠 듯이 흘렀다
사람들은 마치
개가 그러는 것처럼
둑 위로 뛰어올라
물을 보다가
뛰어 내려와
다시 뛰어 올라갔다

/ 1948년 10월

1947년 9월 15일, 태풍 캐슬린이 몰고 온 호우로 관동지방에서 동북 지방에 걸쳐 강이 범람하고, 홍수가 발생해 큰 피해가 났다. 특히, 9월 9일부터 비가 내리기 시작한 도네 강 상류 지역의 피해가 심했는데, 사망이 592명, 행방불명 107명, 부상자가 1,231명이나 되었다고 한다.

기차 汽車

기차는 발착에 정각이란 게 있다
정각은 곧 약속인데
출발은 종종 늦어지고
도착도 마찬가지로
늦어지는 일이 자주 있다
사람들은 그 때문에 그곳에 웅크리고
저쪽에 서 있고 이곳에 쭈그리고 앉아
팔짱을 끼고 턱을 만지고
하품을 하며 무겁게 진을 치고
늦어버린 약속을 기다리고 기다렸다
그러나 이 과학적인 차도
비과학적인지
늦어지는 일로 종종
약속을 깨기는 하지만
늦어지는 일로
약속을 지킨 적은 없다

/ 1948년 11월

1944년부터 4년간 야바노구치 바쿠는 이바라기에서 동경까지 매일 기차로 통근했다. 집에서 기차역까지는 4킬로 거리로, 여름에는 새벽 네 시에, 겨울에는 다섯 시에 집을 나서야 했다. 동경으로 나가는 기차는 언제나 암시장에 물건을 팔러 나가는 사람들로 만원이었다. 집에 돌아오는 시간이 저녁 아홉 시경이었다고 하니, 바쿠가 얼마나 힘들었을까 짐작이 된다. 바쿠는 이해 3월에 다니던 직장을 그만두고, 7월에 가족을 데리고 동경으로 상경했다.

「소화 23년 7월 아주 맑게 갠 날 아침에, 마흔넷인 아버지와 마흔둘이었던 엄마, 네 살이었던 나는 3년간 살았던 쓰쿠바 산이 보이는 작은 마을과 이별을 고했다. 동경으로 가기 위해 기차를 탄 나는 마냥 기쁘기만 했고, 아버지도 기뻐 보였지만 평소보다 훨씬 말수가 적고 내 손을 계속 꼭 쥐고 있었다.」(『父,山之口貘』,山之口泉)

죠반선 풍경　常磐線風景

매달린 놈
달라붙은 놈
지붕 위에까지 들러붙은 놈
녀석들은 모두 그곳에서 경합하며
활기차고 빛나게 살고는 있지만
어느 삶이나
목숨을 내놓은
지금 막 만들어진
인간인 거다
기차는 때때로
녀석들을
태워는 주지만 떨어뜨리고 갔다
선로 위로 굴러가는 놈
논밭에 박히는 놈
때로는 또
구겨져서
도네 강물의 물거품이 되는 놈

/ 1949년 4월

244　오사야다 메무

죠반선은 동경 닛포리 역을 출발해 지바 현, 이바라기 현, 후쿠시마 현을 거쳐 미야기 현 이와누마 역까지 가는 동일본 철도 노선이다. 시에 등장하는 풍경은 종전 직후의 것으로 추정된다. 야마노구치 바쿠는 1944년 12월부터 1948년 3월까지 죠반선 기차로 4시간이나 걸리는 동경까지 매일 출근을 했다. 집에서 역까지의 거리가 멀어서 새벽 네 시에 집을 나서면 먼동이 틀 무렵에야 역에 도착할 수 있었다고 한다.

「먼동이 틀 무렵에 겨우 마을에 도착해, 암거래상들로 가득 찬 기차를 타고, '부랑자'들이 모여있는 우에노 역에서 내리는 거다. 아무리 서둘러도 집에 돌아오는 시간은 9시가 넘었다.」(『父』, 山之口貘』, 山之口泉)

도네 강 利根川

물이 이미 그 유역의
논밭을 범하고 왔기 때문이겠지
저쪽으로 엉키고
이쪽으로 엉겨 붙으며
지푸라기와 쓰레기가 밀려왔다
지푸라기와 쓰레기에는 엄청나게 많은
메뚜기떼가 들러붙어 왔다
철교는 완전히 높이를 잃어버렸고
그 조그만 삼각형 머리들마저
금방이라도 위태롭게 부딪칠 것 같았는지
그곳에 이르러서는
물보라를 일으키듯
메뚜기떼가 일제히 날아올랐다

/ 1950년 8월 13일

오마사여 어디도 가나

그 밭   その畠

가는 길도 오는 길도
그 밭 앞을 지나간다
해 질 녘에 그곳에 다다르면
삼나무 숲 그림자가 걸려있기도 했다
어느 날 그 밭 때문에 다툼이 일어나 사이가 틀어져서
한쪽은 그 밭을 돌려달라고 고함치고
한쪽은 그 밭을 돌려주지 않겠다고 버텼다
그때부터 그 밭을 볼 때마다
삼나무 숲 그림자 말고
농지개정법 그림자가 비치기도 했다

/ 1951년 2월

시에 나오는 농지 개정법은 1952년 7월 15일에 시행된 농지법을 말한다. 농지법은 농지는 경작자가 소유하는 것이 적절하다고 인정하고, 경작자의 지위 안정과 농업 생산력의 증진을 목적으로, 전후의 농지 개혁(지주제의 해체)의 성과를 유지하기 위해 제정되었다. 농지 개혁으로 소유자가 소작농으로 바뀌었기 때문에 지주는 소작농에게 소작료를 받을 수 없게 되었다.

우체부 아저씨 郵便やさん

늦잠 잔 아침
집 뒤 우물가에서 이를 닦고 있는데
건너편
부락에서 나오는
빨간 자전거가 눈에 들어왔다
자전거는 구불구불한 밭길을 지나
이쪽으로 왔다
언제나 거꾸로 이쪽을 먼저 돌고
그리고 나서 건너편
부락으로
구불구불 가는데
나는, 그렇게 생각하며
빨간 자전거를 보고 있었는데
늘 오는 우체부 아저씨와
다른 사람이었다

/ 1951년 8월

늦잠 잔 것도, 양치질하는 것도, 우체부 아저씨의 빨간 자전거도, 구불구불한 밭길도, 이렇게 시인에게는 모든 일상이 시가 된다.

스쳐 지나간 소녀 すれちがいの娘

이 길은 여기서부터
울퉁불퉁해져서
붉은빛을 띠며
꼬불꼬불 굽어져
소나무 숲으로 이어진다
마을 사람들은 언제나
지그재그로 이 길을 나가서
이 길을 지그재그로 걸어서 돌아오고
소달구지도 마차도 덜커덩덜커덩 소리를 낸다
어느 날 이 울퉁불퉁한 길을
저쪽으로 돌았다가 이쪽으로 돌았다가 하다가
하이힐인가 뭔가와 마주쳤는데
스치고 지나가는 인사에
문득 정신을 차려 보니
작업복밖에 보이지 않았다
서쪽 집 딸이다

/ 1952년 2월

아내나 딸 이외의 인물이 시 속에서 미묘하게 다른 역할을 하며 등장하는 일은 드문데, 이 서쪽 집 딸은 바쿠의 시에 여러 번 등장한다. 서쪽 집은 다음 시에 나오는 마차 집을 말한다.

서쪽 집 西の家

마차 집 마차 집하고
마을에서는 부르는데
마차 집이라고 하면 싫어한다고 해서
우리 집에서는 그 마차 집을
서쪽 집이라고 부른다
서쪽 집은 마차 집이어서
짐 마차가 있고
밤색 말이 있어
정말로 물건을 운반하는 일을 하지만
마차 집인 것만이
서쪽 집의 일은 아니다
호박도 심고
고구마도 심는다
보리농사도 하고
쌀농사도 지으니
수확 때마다 제철에 나는 것을
자신의 특기인 마차에 수북이 쌓고
밤색 말이 그것을 운반한다

어느 날
삼나무 숲에서
서쪽 집의 마차와 마주쳤다
마차에는 노파가 혼자 탔는데
담요를 뒤집어쓰고 목을 늘어뜨리고 있었다
손자는 말 고삐를 흔들며
마을 의사에게 간다고 한다

/ 1952년 3월

뜸을 뜨다 灸をすえる

휠 정도로 심하게 구부러진 허리로
대나무 지팡이에 의지하며
짚신 신은 쪼글쪼글한 큰 발을
한 발 한 발 끌고 온 사람이
서쪽 집 노파이다
노파는 지팡이를 덧문 옆에 세워놓고
이야기를 듣고 왔는데 하며
툇마루로 올라와 주저앉아서
뜸을 뜨달라고 한다
소문으로는 아무튼
이가 들끓는 노파라고 하니
섬뜩하지 않을 수 없지만
어쨌든 향에 불을 붙였다
노파가 바로 옷을 벗고
등을 내 쪽으로 돌렸는데
나는 쭈뼛쭈뼛 다가가
쪼글쪼글한 등을 살펴보고
늦기 전에 서둘러

경혈을 찾고
부리나케 쑥을 올리고
얼른 향불을 옮겼다

/ 1952년 3월

야마노구치 바쿠는 독신 시절 잠시 동경 침구 의학 연구소에서 일한 적이 있는데,
그때 연구소의 의학과에 입학해 침술을 배웠다. 시에 등장하는 노파는 시 「서쪽 집」의 끝
부분에 등장하는 마차에 타고 있는 노파와 동일 인물인 것 같다. 또한, 서쪽 집은 시 「동
쪽 집과 서쪽 집」에서 전후의 농지 개혁으로 동쪽 집과 한바탕 말썽을 일으킨 그 서쪽
집이다.

동쪽 집과 서쪽 집　東の家と西の家

빌려준 밭은 그냥 빌려준 채로
지주의 소유가 아니라고 하는 제도라서
농지 개정법의 개정을 내심
서쪽 집에서는 미워하지 않을 수 없었다
빌린 밭은 그냥 빌린 채로
소작인 소유로 하는 제도라서
농지법 개정을 내심
동쪽 집에서는 기뻐하지 않을 수 없었다

어느 날, 신이 꼬드겨서
양쪽 다 가만히 있을 수가 없었다
서쪽 집에서는 설령 법이
어떻게 개정되었더라도
빌려준 것은 빌려준 것이니
밭을 돌려줬으면 좋겠다고 말했다
동쪽 집에서는 설령 의리가
어떻게 되든 간에
법은 법이니 마음대로

밭을 돌려줄 수는 없다고 받아쳤다
거기서 이야기는 얼크러졌는데
신이 꼬드겨서
서로 화를 내는 건지
이 은혜도 모르는 놈이 하고 덮쳐 누르면
뭐라고 이 바보 자식이 하고 일어서서
밀치락달치락하면서 뒤얽혀
치고받고 싸우는 거다

그러나 어느 쪽도 승리의 깃발은 잡지 못했다
동쪽 집에서는 머리에 난 혹을 감싸 쥐고
서쪽 집에서는 다리를 절름거리면서
밭 주변을 어슬렁거렸다

그러나 또다시 어느 날
둘은 신에게 사주 당했는지
동쪽 집에서는 빌린 그 밭을
돌려주겠다고 말을 꺼내고

서쪽 집에서는 빌려준 그 밭을
돌려줄 것까지는 없다고 말하기 시작했다
동쪽 집에서는 그래서 또
법이 법이라서 일전에는 그만
실례를 범하고 말았지만
생각해보니 빌린 것은 빌린 것이니
밭은 돌려드리고 싶다고 하고
서쪽 집에서도 그래서 또
빌려준 건 빌려준 거라서 일전에는 그만
부득이한 일을 해버렸지만
생각해 보니 법은 법이니
밭은 돌려줄 것까지는 없다고 하는 것이다
사태가 너무 변해 버려
지금은 서로 양보하고
아무튼 화목해 보이기는 하지만
정말이지 심술궂은 신이로구나
밭은 가지고 싶어도 이제 곧 그 밭에
매겨질 세금에 겁먹고
어떻게 처분해야 할지 다투고 있으니 말이야

/ 1953년 6월

오키나와 현립 도서관의 '山之口貘文庫'의 야마노구치 바쿠 자필 원고 해설에 의하면, 이 시는 소화 19년(1944)부터 4년간의 이바라기 생활을 소재로 한 작품이다. 시인은 전후 바로 시행된 농지개혁으로 인한 지주(서쪽 집)와 소작농(동쪽 집)의 다툼을 법, 은혜, 의리, 세금이라는 단어를 통해 진지하게 묘사하고 있다. 당시의 농지 개혁은 농사를 짓지 않는 지주로부터 토지를 강제 매수해 소작농에게 분배해서 지주와 소작농의 격차를 줄이는 것이 목적이었다. 지주로서는 강제로 토지를 빼앗기는 셈이 되니 받아들이기 어려웠을 것이다. 그래서 서쪽 집의 지주는 '은혜'와 '의리'로 동쪽 집을 설득하려 하고, 결국 소작농은 토지를 돌려주겠다고 말하게 되지만, 이번에는 '법' 때문에 토지에 '세금'이 부과된다는 것을 알게 된 지주가 안 받겠다고 나선 것이다. 시 「동쪽 집」, 「서쪽 집」과 비교하면서 읽어보기를 권하고 싶다.

승천한 보병 昇天した歩兵

마을에서는 나를
피난민이라고 불렀지
피난민은 담배 때문에 곤란해지면
동쪽 집을 들여다보고
담뱃잎을 얻고
쌀 때문에 곤란해지면
서쪽 집을 들여다보고
암거래 쌀을 얻었지
그날도 피난민은 매우 곤란해져서
호박을 사러 나갔는데
도중에 되돌아오더니
마당 한구석에 쭈그리고 앉아
봉공대에 불을 붙였어
일본에서는 말하자면 그날부터
보충병력 육군 보병이라는 것도
필요 없는 것이
되었기 때문이지

/ 1961년 7월

이 시는 일본이 패전을 선언한 1945년 8월 15일이 배경이다. 당시 42세였던 야마노 구치 바쿠는 처가에서 피난 생활을 하고 있었다. 시에 나오는 봉공대는 육군이 입영하거나 전지로 나갈 때 필수품을 넣는 주머니로, 주머니 바깥에 증명서, 군대 수첩, 소집영장 등 소집되었을 때 필요한 품목이 기록되어 있었다. 재향 군인은 이 주머니를 항상 소지하고 있어야 했다.

8장

동경 생활

Tokyo

피　血

사이토 씨는 발음했다
점점 점점 이라는 말을
첨첨 점점 하고 발음했다
그것은 역시의 역시를
그것은 역치라고 발음했다
학교를
칵교
신발을
친발이라고 발음했다
이런 식으로 사이토 씨는 우선
자신의 이름인 사이토를
사이도입니다 라고 발음했다
피는 속일 수 없다는데
슬플 정도로 활기차게
땅
바다
하늘은 물론이고
단 한 사람의 혀끝에서도
피들은 이미 피를 속이고 있구나

264

사이토 씨는 누가 물어봐도
자신이 태어난 고향을 말하지 않았다
말하기는 했지만
미간을 찌푸리며
규슈입니다, 라고 발음했다

/ 1941년 5월

시에는 자신의 출생을 숨기고 싶어 하는 사이토 씨의 고뇌가 드러나 있다. 사이토 씨는 자신이 규슈 출신이라고 둘러내고 있지만, 그의 발음과 악센트는 누가 봐도 이상하다. 시에 등장하는 사이토 씨는 수필 『천국 빌딩의 사이토 씨』에 등장하는 재일조선인으로, 바쿠는 사이토 씨의 밑에서 의료기 판매원을 한 적이 있다. 속일 수 없는 피를 속이려고 노력하는 사이토 씨의 모습을 통해 일본 사회의 편견과 차별 앞에 노출된 이민족의 처지를 엿볼 수 있다. 이렇게 시인은 자신만의 방법으로 출신 때문에 차별받을 수밖에 없는 비참한 현실을 호소한다. 수필 『천국 빌딩의 사이토 씨』의 해당 부분을 소개한다.

「사이토 씨가 가장 싫어하는 것은 누가 고향에 관해 물을 때이고, 그럴 때 그의 얼굴에는 일종의 민족 의식적인 인간의 초조함이 나타난다. (중략) 언젠가 자주 오는 상자 파는 사람이 사이토 씨에게 말했다. '진짜 규슈입니까?' 하고. 사이토씨가 규슈라고 대답하자 '규슈 어딥니까'하고 묻는다. '후쿠오카 현입니다'라고 사이토 씨가 대답하자 '무슨 군입니까'라고 묻는다. '무슨 군입니다'하고 대답하니 '무슨 읍입니까'라고 한다. 사이토씨가 '무슨 읍입니다'라고 대답하니 '저도 거기입니다만 사이토 씨는 성이 어떻게 됩니까'라고 한다. 그래도 말하지 않던 사이토 씨가 결국 대답했다. '저는 어릴 때 고향을 나와 고향은 잘 모릅니다'라고. 나는 그런 사이토 씨를 몇 번이나, 몇 번이나 보았다. (중략) 나는 류큐를 고향으로 삼십 년 이상 살아왔지만, 이 류큐라는 고향을 달고 동경에서 생활한 지 십육 년 동안 가는 곳마다 상자 파는 사람과 같은 생각들을 만났다. 마치 내 얼굴이 사람의 얼굴과 달라 보이는지, 그들은 모두 이상한 눈빛으로 나를 보았다.」

첼로 チェロ

옛날로 돌아가 만나러 온 것처럼 후치가미 군의 편지가 날아들었다. 10년 전에 들은 바로는 그는 미래의 첼로 연주자였는데, 시집의 서문을 적어달라고 한다. 서문에 초보인 나는 당황했지만, 질긴 인연이니 쓰라고 한다.

십 년 전의

미래의 첼로 연주자여

첼로는 켜지 않고

노래를 했느냐

물어보니 상당히

상당히 오랫동안

첼로를 잊어버리고 가만히 누워있다는구나

등의 첼로도 힘들었겠지

십 년 전의

그 첼로 연주자여

첼로는 울리지 않고

시가 울리는구나

/ 1943년 1월

오사베 미쓰로 개배

1943년 1월에 나온 시집 『誕生』의 서문으로 쓴 시이다. 야마노구치 바쿠가 후치가미 군이라 부른 후치가미 모센淵上毛浅(1915-1950)은 결핵성 고관절염으로 오랫동안 병상에 누워있던 시인이었다. 바쿠는 1929년에 단골 찻집에서 우연히 만난 후치가미와 교류를 시작했다. 후치가미는 우에노의 음악학교에 진학해 첼로를 전공했지만, 일 년 만에 결핵과 결핵성 고관절염 때문에 고향으로 돌아가게 되고, 이후 병상에 누운 채 일생을 보내게 된다. 바쿠는 전쟁이 끝난 뒤 구마모토 현 미나마타 시에서 요양 중인 후치가미를 찾아가 10일간 머물렀다.

「그는 목제 침대에 위를 보고 누워 있었고, 그곳에는 그의 소위 벼루처럼 움푹 들어간 가슴이 있었다. 그는 그 들어간 가슴 위에 방석 모양의 모래주머니를 올리고, 그 무게를 누워 있는 자신의 얇은 몸의 문진처럼 지니고 살고 있었다」

시노바즈 연못 不忍池

연못을 찾아 왔는데
잔디 위에서 나는 보았다
이런 대낮에 그들은
마치 외국 사람인 것처럼
여봐란듯이 입맞춤을 했다
한 사람은 사각모
한 사람은 초록색 옷이다
연못은 이미 전쟁 덕분에
대용 논밭으로 변해버려서
입맞춤의 그림자를 비추게 할 수도 없고
논밭인 채로 바싹 말라 있었다
그곳을 나오니
나온 곳에는
물이 아주 조금 배어있고
그곳 말고는 갈 곳도 없는지
배를 드러내놓고
보트 떼들이 굶주리고 있다

/ 1950년 2월

이전과 달라진 연못과 신세대의 과감한 애정 표현에 당혹해 하는 시인의 기분이 잘 전해지는 시이다. 시노바즈 연못은 동경 우에노 공원 안에 있는 연못으로 JR 우에노 역에서 걸어서 5분 거리에 위치한다. 이 일대 전체가 동경만을 메운 곳이지만 현재는 연못만 그 흔적을 남기고 있다. 물이 마른 연못의 풍경은 전후에 일시적으로 전답으로 사용되었던 때의 모습인 것 같다. 시에 등장하는 보트는 연못의 대여 보트로 1931년부터 영업이 시작되었고 지금도 계속되고 있다. 시노바즈 연못은 문학자들에게 사랑받는 장소여서, 모리 오가에의 「기러기」, 가와바타 야스나리의 「모자 사건」, 나쓰메 소세키의 「마음」 등 일본의 대표 작가의 작품 속에도 자주 등장한다.

그날 그때 　その日その時

그날 그때
챙길 것도 챙기지 못한 채
둘은 문밖으로
뛰쳐나와 버렸다
그래도 그는 그의
바이올린만은 안고 있었다
나는 나의
낡아빠진 즈크*로 만든
손가방을 하나 껴안고 있었는데
가방 안에는
써두었던 시가 가득 들어 있었다
이런 기억을
언제까지나 싣고
9월 1일의
지구가 흔들리고 있었다

/ 1951년 9월 1일

---

* 　doek 네델란드어. 삼베나 무명실로 두껍게 짠 직물.

처음 동경에 올라왔을 때 겪었던 관동 대지진(1923년)의 기억을 떠올려 적은 시이다. 수필 「나의 반생기」에 의하면, 시에 등장하는 사람은 '흥이 일어나면 한밤중이라도 벌떡 일어나 바이올린을 켜는' 선배이고 장소는 동경 고마고에였다.

좌상 坐像

그는 어딘가
높은 곳에서
미끄러져 떨어진 물건처럼
언제나 그곳의
굴다리 밑에 있다
털썩 주저앉아
엎드려 있지만
신에게 기도하고 있는 것은 아니다
묵직하게
조용히 숨을 쉬면서
지구 위에다
자신의 자리를 잡고
머릿니를 지참하고 살지만
인간을 믿고
사는 거다

/ 1953년 2월

노숙자 생활을 전전한 시인이 보는 부랑자의 모습은 독특하다. 시인은 다리 밑에서 구걸하는 부랑자들을, 인간을 믿으며 묵직하고 조용히 지구 위에 사는 지구인으로 그려내고 있다. 당시, 도시의 전차, 고속도로 등의 다리 밑은 식당, 창고로 사용되었고, 굴다리는 부랑자들의 잠자리가 되었다.

사고　事故

집 뒤 밭길 쪽에서
키가 큰 사람과
작부 같아 보이는 사람이 나왔다
그래서 그곳에
자동차가 있었군
집에 돌아오니
기다렸다는 듯이
아내가 그날 일을 알려줬다
조금 전에
뒷집 아이가
미국 자동차에
치였다는 거다

/ 게재지 미상

대바늘　編棒

근처에 소문이 자자한 바로 그 두 사람이
그곳에서 버스를 기다리고 있다
일제 여자치고는 몸집이 큰 여자고
외제 남자치고는 이게 또
정말이지 덩치가 작은 남자다
둘이 마주 보고 서 있기는 하지만
여자는 껌을 씹으며
뜨개질을 하고 있고
남자는 그것을 보면서
껌을 씹고 있다
그러나 좀처럼
버스는 오지 않았다
그러던 중에 대바늘 하나가 땅에 떨어졌고
둘이 서로 쳐다보았는데
몸집이 큰 일제가 발밑을 손가락질했기 때문에
덩치 작은 외제는 허리를 굽혔다

/ 1954년 3월

낡은 양말 *ぼろたび*

계절은 이미 노랗게 물들고 있었다
공원 벤치에서 잠을 잤을
찢어지게 가난한 시인인 그가
밥 먹으러 가자고 찾아왔다
찢어지게 가난하게 빌딩의
공실에서 잠을 자던 시인인 내가
어떻게 해야 할지 머뭇머뭇하니
그는 한쪽 낡은 양말을 벗어
거꾸로 흔들어 보여줬는데
밥값 정도는 있다고 중얼거리며
발밑에 떨어진 은화를 주워 올렸다

/ 1961년 10월

1922년, 중학교를 중퇴한 야마노구치 바쿠는 화가와 시인의 꿈을 안고 상경했지만, 부친의 파산으로 송금이 끊어져 고향으로 돌아갈 수밖에 없는 처지가 되었다. 1925년 우여곡절 끝에 다시 동경으로 온 바쿠는 이후 10여 년간 일정한 직업도 주거도 갖지 못한 긴 방랑 생활을 해야만 했다. 당시 바쿠는 하루에 한 끼를 먹기도 하고 종일 굶기도 했는데, 시는 그때를 그리고 있다. 바쿠의 수필 「나의 청년 시대」의 일부분을 소개한다.

「아직 소화 초기 무렵이었는데, 난방기 일을 그만두고 침구 일을 하기 전, 여느 때와 같이 나에게는 주소가 없었다. 그러나 시바 지역의 우타가와 쵸 경계에 있는 찻집을 중심으로 그날그날을 보내고, 밤이 되면 바람 부는 대로 돌아다니다 아무 데서나 잠을 잤다. 그 장소는 히비야 공원 벤치 위이기도 했고, 지인이나 친구의 집이기도 했고, 새벽까지 걸어 다니다가 출근하는 친구 방에 가서 잠시 눈을 붙이기도 했다.」(『私の青春時代』)

원어로 읽는
야마노구치 바쿠

生きる先々 살아가는 앞날

僕には是非とも詩が要るのだ
かなしくなっても詩が要るし
さびしいときなど詩がないと
よけいにさびしくなるばかりだ
僕はいつでも詩が要るのだ
ひもじいときにも詩を書いたし
結婚したかったあのときにも
結婚したいという詩があった
結婚してからもいくつかの結婚に関する詩が出来た
おもえばこれも詩人の生活だ
ぼくの生きる先々には
詩の要るようなことばっかりで
女房までがそこにいて
すっかり詩の味をおぼえたのか
このごろは酸っぱいものなどをこのんでたべたりして
僕にひとつの詩をねだるのだ
子供が出来たらまたひとつ
子供の出来た詩をひとつ

오시사에 이미도 개나

ねずみ 쥐

生死の生をほっぽり出して
ねずみが一匹浮彫みたいに
往来のまんなかにもりあがっていた
まもなくねずみはひらたくなった
いろんな
車輪が
すべって来ては
あいろんみたいにねずみをのした
ねずみはだんだんひらくたくなった
ひらたくなるにしたがって
ねずみは
ねずみ一匹の
ねずみでもなければ一匹でもなくなって
その死の影すら消え果てた
ある日　往来に出てみると
ひらたい物が一枚
陽にたたかれて反そっていた

ミミコの独立 미미코의 독립

とうちゃんの下駄なんか
はくんじゃないぞ
ぼくはその場を見て言ったが
とうちゃんのなんか
はかないよ
とうちゃんのかんこをかりてって
ミミコのかんこ
はくんだ　と言うのだ
こんな理窟をこねてみせながら
ミミコは小さなそのあんよで
まな板みたいなを下駄きずって行った
土間では片隅の
かますの上に
赤いの鼻緒の
赤いかんこが
かぼちゃと並んで待っていた

鮪に鰯 참치와 정어리

鮪の刺身を食いたくなったと
人間みたいなことを女房が言った
言われてみるとついぼくも人間めいて
鮪の刺身を夢みかけるのだが
死んでもよければ勝手に食えと
ぼくは腹立ちまぎれに言ったのだ
女房はぷいと横むいてしまったのだが
亭主も女房も互に鮪なのであって
地球の上はみんな鮪なのだ
鮪は原爆を憎み
水爆にはまた脅やかされて
腹立ちまぎれに現代を生きているのだ
ある日ぼくは食膳をのぞいて
ビキニの灰をかぶっていると言った
女房は箸を逆さに持ちかえると
焦げた鰯のその頭をこづいて
火鉢の灰だとつぶやいたのだ

深夜 심야

これをたのむと言いながら
風呂敷包にくるんで来たものを
そこにころがせてみると
質屋はかぶりを横に振ったのだ
なんとかならぬかとたのんでみるのだが
質屋はかぶりをまた振って
おあずかりいたしかねるとのことなのだ
なんとかからぬものかと更にたのんでみると
質屋はかぶりを振り振りして
いきものなんてのはどうにも
おあずかりいたしかねると言うのだ
死んではこまるので
お願いに来たのだと言うと
いきものなんぞおあずかりしたのでは
餌代にかかって
商買ならぬと来たのだ
そこでどうやらぼくの眼がさめた

오사섬서 ㅇ□1도 ㅣ쌔

明りをつけると
いましがたそこに
風呂敷包からころがり出たばかりの
娘に女房が
寝ころんでいるのだ

頭をかかえる宇宙人 머리를 감싸 쥔 우주인

青みがかったまるい地球を
眼下にとおく見おろしながら
火星か月にでも住んで
宇宙を生きることになったとしてもだ
いつまで経ても文なしの
胃袋付の宇宙人なのでは
いまに木戸らまた首がのぞいて
米屋なんです　と来る筈なのだ
すると女房がまたあわてて
お米なんだがどうします　と来る筈なのだ
するとぼくはまたぼくなので
どうしますもなにも
配給じゃないか　と出る筈なのだ
すると女房がまた角を出し
配給じゃないかもなにもあるものか
いつまで経っても意気地なしの
文なしじゃないか　と来る筈なのだ
そこでぼくがついまた
かっとなって女房をにらんだとしてもだ

오시남서 여미도 州

地球の上での繰り返しなので
月の上にいたって
頭をかかえるしかない筈なのだ

沖繩よどこへ行く オキナワ여 어디로 가나

蛇皮線の島
泡盛の島

詩の島
踊りの島
唐手の島

パパイヤにバナナに
九年母などの生る島

蘇鉄や竜舌蘭や榕樹の島
仏桑花や梯梧の真紅の花々の
焔のように燃えさかる島

いま　こうして郷愁に誘われるまま
途方に暮れては
また一行ずつ
この詩を綴るこのぼくを生んだ島

いまでは琉球とはその名ばかりのように

むかしの姿はひとつとしてとめるところもなく
島には島とおなじくらいの
舗装道路が這っているという
その舗装道路を歩いて
琉球よ
沖縄よ
こんどはどこへ行くというのだ

おもえばむかし琉球は
日本のものだか
支那のものだか
明っきりしたことはたがいにわかっていなかったという
ところがある年のこと
台湾に漂流した琉球人たちが
生蕃のために殺害されてしまったのだ
そこで日本は支那に対して
まずその生蕃の罪を責め立ててみたのだが
支那はそっぽを向いてしまって
生蕃のことは支那の管するところではないと言ったのだ
そこで日本はそれならばというわけで
生蕃を征伐してしまったのだが

あわて出したのは支那なのだ

支那はまるで居なおって
生蕃は支那の所轄なんだと
こんどは日本に向ってそう言ったと言うのだ
すると日本はすかさず
更にそれならばと出て
軍費償金というものや被害者遺族の撫恤金とかいうものなどを
支那からせしめてしまったのだ
こんなことからして
琉球は日本のものであるということを
支那が認めることになったとかいうのだ
それからまもなく
廃藩置県のもとに
ついに琉球は生れ変わり
その名を沖縄県と呼ばれながら
三府四十三県の一員として
日本の道をまっすぐに踏み出したのだ
ところで日本の道をまっすぐに行くのには
沖縄県の持って生れたところの
沖縄語によっては不便で歩けなかった
したがって日本語を勉強したり
あるいは機会あるごとに

日本語を生活してみるというふうにして

沖縄県は日本の道を歩いて来たのだ

おもえば廃藩置県この方

七十余年を歩いて来たので

おかげでぼくみたいなものまでも

生活の隅々まで日本語になり

めしを食うにも詩を書くにも泣いたり笑ったり起こったりする

にも

人生のすべてを日本語で生きて来たのだが

戦争なんてつまらぬことなど

日本の国はしたものだ

それにしても

蛇皮線の島

泡盛の島

沖縄よ

傷はひどく深いときいているのだが

元気になって帰って来ることだ

蛇皮線を忘れずに

泡盛を忘れずに

日本語の

日本に帰って来ることなのだ

시인 야마노구치 바쿠(山之口貘)

'가난에 살고 가난에 죽은 시인', '정신의 귀족', '자연인', 바쿠를 가리키는 말은 많지만, '가난'이라는 단어만큼 이 시인에게 어울리는 말은 없다. 우선 시인의 자기소개를 들어보자.

저 말입니까?
이건 정말 잘난 척하는 것 같습니다만
가난뱅이랍니다 (시 「자기소개」中)

야마노구치 바쿠의 본명은 야마노구치 주사부로, 1903년 9월 11일에 오키나와 현 나하 시에서 태어났다. 소년은 시와 그림을 좋아했고,

오키나와 며ㅁ로 가냐

일본 정부가 시행한 방언패* 제도에 반항할 만큼 자아가 강했다.

화가를 꿈꾸던 주사부로는 중학교를 중퇴하고 상경했지만(1922년), 아버지의 사업 실패 때문에 송금이 끊겨 지인들의 집을 전전하는 생활을 해야만 했다. 관동대지진으로 오키나와로 돌아온 후(1923년)에는 갈 곳이 없어 나하의 해변에서 노숙하게 되고, 이때부터 생활에 뿌리를 둔 시를 쓰기 시작한다. 시인 야마노구치 바쿠가 탄생한 것이다.

2년 후, 바쿠는 그동안 써 놓은 시를 들고 동경으로 올라가 본격적인 방랑생활을 시작했다. 전쟁으로 치닫고 있던 일본에서 오키나와 출신에게 허락된 일은 많지 않았다.

바쿠는 책 도매상, 난방기 만드는 사람, 변소 치는 사람, 화물 배의 일꾼, 뜸 뜨는 사람, 여드름약 판매원 등 여러 직업을 전전하면서 방랑생활을 계속했다. 밤에는 공사장의 토관이나 공원의 벤치, 카바레의 보일러실 등 그때그때 임시로 만든 거처에서 생활했고, 첫 상경부터 16년간 다다미 위에서 잠을 잔 적이 거의 없었다. 이런 가난하고 배고픈 생활은 바쿠가 죽을 때까지 계속되었지만, 그는 일생 시 쓰기를 멈추지 않았다.

반골시인이라 불리는 가네코 미쓰하루金子光晴는 야마노구치 바쿠의 진가를 처음으로 인정해준 시인이었다. 바쿠는 결혼을 비롯해 여러 가지로 가네코 부부의 도움을 받았고, 가네코 미쓰하루의 추천으로 중앙 잡지에 시도 발표하게 되었다.

---

* 류큐어를 사용한 학생들의 목에 걸어 수치심을 느끼게 한 나무판

결혼한 다음 해에는 첫 시집인 『思辨の苑』(1938년)을 발표하지만 가난한 생활은 여전했다. 직업소개소에 취직해 겨우 생활의 안정을 찾았을 때(1939년), 일본은 전쟁의 소용돌이에 빠져들고 있었다. 딸 이즈미가 태어난 것은 종전 1년 전인 1944년이었다.

전쟁이 끝나자, 바쿠는 시詩로 생활을 꾸려가기로 결심하고(1948년), 동경 네리마 구의 6조 다다미방 한 칸을 2개월 계약으로 빌렸다. 그는 죽을 때까지 16년간 이곳에서 살게 된다.

전전, 전후, 많은 문인이 시대의 흐름에 따라 흔들리고 변해갔지만 야마노구치 바쿠는 자신의 세계를 잃지 않았고, 사회 밑바닥에서 인간과 시대를 바라보았다. 고향이 전화에 휩싸이고 미군의 점령을 받았을 때도 시 쓰기를 멈추지 않았다.

59세의 나이로 세상을 떠날 때까지 야마노구치 바쿠가 남긴 시는 197편이다. 그는 한 편의 시를 완성하기 위해 이 삼백 장의 원고용지를 사용하는, 퇴고에 철저한 시인으로 유명했다.

세상의 밑바닥에서 인간을 통찰하고 생활로 체험한 것을 알기 쉬운 문체로 노래한 그의 시는 평범하지만, 깊이가 있고 인간미가 넘친다.

가네코 미쓰하루는 "일본의 진짜 시는 야마노구치 바쿠 같은 사람들에게서 시작된다"고 예언했다. 가네코의 말대로 야마노구치 바쿠의 시는 세계 각국에서 번역되고 있고 일본의 국어 교과서에도 수록되어 있다.

잃어버린 류큐, 흔들리는 정체성

오키나와沖繩는 남국의 바람, 쪽빛 바다, 고대로부터 전승되어 온 신에게 바치는 기도가 살아있는 섬이다. 먼 옛날 중국인들은 그 곳을 류큐라고 불렀다. '류琉'는 유리처럼 밝게 빛난다는 뜻으로 '류큐'는 '밝게 빛나는 구슬 같은 섬'이라는 의미이다. 동쪽 끝에 불로장수의 선인이 사는 봉래섬이 있다고 믿었던 중국인들에게 아열대 류큐의 섬들은 밝게 빛나는 동경憧憬의 섬이기도 했다. 이 축복의 땅에는 무기를 가지지 않고 평화를 사랑하던 류큐 민족(우치난츄)*이 살고 있었다. 그들은 조선, 중국, 일본, 동남아시아 각국과 국제 무역을 했던 해상민족이었으며, 1879년 일본 정부에 의해 오키나와 현으로 강제 편입될 때까지 독자의 전통과 문화를 지키고 있었다. 아직도 자신들을 '우치난츄'라고 부르는, 일본인이면서 일본인이 아닌 류큐 민족의 삶과 역사는 어떤 것일까.

중국의 동쪽, 일본과 대만 사이에 징검다리처럼 놓인 류큐 열도는, 동서 약 1,000km, 남북 약 400km를 잇는 160여 개의 섬으로

---

* 1857년 중국황제의 사절로 방문한 주황의 보고서에는 '류큐 인은 전쟁과 군사에 대해 논하는 것을 아주 싫어 한다'는 기록이 보이고 ,Basil Hall의 저서 『자바,중국,대류큐 항해기』(1840년)에도 류큐에는 무기가 없고 류큐왕국은 한 번도 전쟁을 한 적이 없다는 기술이 있다.

이루어진다. 아마미제도, 오키나와제도 등으로 불리는 이 섬들은 아열대성 식물과 멸종위기 동물들의 서식처로 동양의 갈라파고스라고 불리며 풍요로운 자연환경을 자랑하고 있다.

류큐 열도에 언제부터 인류가 살았는지 확실하지 않지만, 최초의 인류는 약 3만여 년 전에 이동하는 동물을 쫓아 육로를 거쳐 류큐 열도로 건너온 것으로 추정되고 있다. 그들은 동굴이나 바위 그늘을 주거로 삼고 사슴 뼈와 뿔로 도구를 만들어 산과 바다의 자연물을 먹으며 생활했다.

대륙과 이어져 있던 류큐 열도가 분리되어 섬이 된 것은 약 2만 년 전이었다. 선사시대의 류큐 열도는 일본 문화의 영향을 받은 북류큐(아마미, 오키나와)와 남방계인 선도先島 문화권(미야코, 야에야마)으로 나뉘어 있었다. 이 시대의 사람들은 산에서 사슴과 멧돼지를 사냥하고, 바다에서 조개, 해조류 등을 잡아먹는 자연채집 생활을 했으며 토기와 마제석기를 사용하고 있었다.

10세기경이 되면 류큐 열도에도 본격적인 농경 산업과 철기, 요업의 생산이 개시되고 광역 유통을 전개하는 류큐 문화권이 형성된다. 사람들은 농사에 적합한 내륙의 평지에 정착해서 마을을 이루었고, 생활이 윤택해짐에 따라 마을공동체가 생겨났다. 마을에는 마을의 수호신을 모시는 성역聖域이 있어, 이 무렵부터 류큐 각지의 산야에 신가神歌가 등장한다. 신이 있는 성스런 장소는 높은 나무가 되기도 하고, 바위나 물이 흐르는 곳이 되기도 했다. 신에게 바치는 그들의 순수한 '기도'는 류큐 예능의 원천이 되어 고대가요를 탄생시키고 부족의 문화생활을 풍요롭게 했다.

오키나와 여미도 가나

천지를 흔드는 태양이여

이른 아침 빛나는 꽃이

아름답게 피어서 지나간다

저것 보라! 얼마나 아름다운가

천지를 뒤흔드는 태양이여(『오모로소우시』7권)*

저기, 올라오는 초승달은/ 신의 황금 활이다

저기, 올라오는 금성은/ 신의 황금 화살이다

저기, 올라오는 무리 지은 별은/ 신이 빗는 빗이다

저기, 올라오는 구름은/ 신이 사랑하는 띠이다 (『오모로소우시』10권)

12세기 말에서 13세기에 걸쳐 류큐의 각 지역에는 부와 권력을
갖춘 '아지按司'라고 불리는 지역 호족이 나타난다. 족장의 성격을 지
닌 공동체의 수장인 아지는 성역이 있는 성채인 구스쿠를 구축해 주
변 지역을 지배하고, 다른 지역의 아지와 세력투쟁을 했다. 신이 인
간에게 하사하는 언어, 혹은 인간이 신에게 받들어 올리는 언어라는
의미가 있는 류큐의 옛 가요 '오모로'는 용맹스럽게 활약하던 이 시
대의 아지를 다음과 같이 노래하고 있다.

에이소 전쟁의 승리자는 훌륭한 분/ 밤마다 놀러 나오셔서

승리한 아지/ 언제까지나 영화를 누리소서

여름에 넘쳐나는 신주神酒/ 겨울에 넘쳐나는 어주御酒

(『오모로소우시』12권)

---

* 류큐의 고대가요인 오모로를 수록한 가집. 1531년~1523년에 걸쳐 편찬되었다.

여름이나 겨울이나 술이 넘쳐나고 밤마다 놀 수 있도록 해주는 승리한 아지, 에이소를 찬미하는 소박한 민중의 마음이 담겨있다. 아지는 철제 농기구를 보급하고, 농민을 아끼고 지켜주며 사회를 혁신시키는 문화적 영웅이기도 했다.

14세기경이 되면 아지들 중에서 강력한 아지, 세상의 주인이라 불리는 이들이 나타나 오키나와 본도本島에 거대한 구스쿠를 구축하고, 남산, 중산, 북산의 세 왕국을 형성한다. 삼산시대의 류큐는 중국과의 책봉관계 아래, 중국제품을 대량으로 수입해 인근 국가에 수출하고, 일본과 동아시아의 제품을 조달해 중국에 보내는 등, 중계무역국으로 세계의 바다를 무대로 장대한 교역의 길을 개척하고 있었다.

15세기 초, 중산의 패권을 차지한 쇼우하시尚巴志가 삼산을 통일하고 아지 위에 군림하는 한 사람의 권력자, 국왕이 되었다. 류큐 왕국의 탄생이다. 류큐 왕국은 중국은 물론 샴, 말라카, 팔레반, 자바까지 배를 보내 교역을 하고 국가 경제의 기반을 닦았다.

수리에 계신 임금님이/ 나하의 항구를 만드시고
당, 남만南蠻의 배가 모여드는 나하 항구여/ 쿠스쿠에 계신 임금님이

『오모로소우시』 13권)

이국의 산물과 보물이 넘치는 평화향 봉래섬을 만든다는 류큐 왕국의 기백은 쇼우타이쿠왕이 주조한 만국진량의 종(1458년)의 명문銘文에도 엿보인다.

류큐 국은 남해의 승지勝地에 위치해 삼한三韓의 빼어난 점을 모두 취하고 대명大明과 일역日域을 보차순치輔車脣齒로 삼아 상호의존하고 있다. 그 중간에 불쑥 솟아오른 봉래섬蓬萊島, 배를 타고 만국의 가교로서 이국의 산물과 보물이 나라에 넘친다. (이하 생략, 원문은 한문)

류큐 왕국의 국가경영 기본사상은 예의를 가지고 외국과 선린외교를 하고 부드러움으로써 강함을 제압하는 것이었다. 류큐의 호족들은 허리에 칼 대신에 부채 한 자루를 꽂고 다녔다. 부채는 대화를 통한 평화외교의 상징이었다. 그들은 먼바다 저편에는 '니라이카나이', 즉 신이 머무시는 낙원이 있다고 믿었고, 바다를 통해 류큐를 방문하는 모든 사람을 따뜻하게 환영했다.

천성적으로 평화를 사랑하던 류큐 민족은 자신들의 문화에 해외의 문화를 적극적으로 융합시켜, 주사呪辭인 '구치', 마을의 안녕과 번영을 기원하는 서사문학 '퀘나', 섬 노래인 '류카琉歌', 악극 '쿠미오도리組踊', 류큐 음악과 고전무용, 류큐 공예 등 개성이 풍부한 독자의 예술과 문화를 꽃피웠다. 그들의 문학과 음악과 춤은 신에 대한 경배와 감사로 넘쳐났으며, 그들이 만들어 낸 공예품과 건축물에는 부드러움과 너그러움으로 표현되는 소박한 아름다움이 있었다.

동아시아를 무대로 활약하던 류큐 왕국의 독립성은 1609년 사쓰마(薩摩, 지금의 가고시마 현)의 류큐 침입으로 종지부를 찍는다. 3000명의 병사로 류큐 왕국을 정복한 사쓰마 번의 영주 시마쓰 이에히사는 아마미제도를 직할 식민지로 종속시키고 오키나와 섬 이

남은 류큐 왕국의 지배를 인정하는 이중 정책을 취했다. 중국과의 무역을 지속시키기 위해 류큐 왕국을 유지한 것이다. 이렇게 해서 류큐는 '일본 속의 이국異國'으로 자리 잡게 된다.

근세 말기, 사쓰마의 지배 아래에서도 독자의 문화를 지켜가고 있던 류큐 왕국은 구미 식민지주의와 직면하게 된다. 1816년에 영국 선이, 1844년에는 프랑스 군함이 개국을 요구해 왔다. 1854년에는 페리 함대를 내세운 미국의 강력한 요구에 '류미 우호조약'이 체결되기도 했다. 이것은 서양제국들이 류큐 왕국을 독립국으로 인정하고 있었던 것을 의미한다.

1869년, 메이지유신으로 근대국가로의 탈피를 꾀한 일본은 '일본 속의 이국異國' 류큐를 근대국가 일본의 판도에 흡수할 필요가 있다고 생각했다. 명치 정부의 의도를 알아챈 류큐 왕국은 일본과의 합병을 거부했지만, 1879년 9월, 일본 정부는 민족통일과 근대화를 대의명분으로 경찰과 군대를 동원하여 '류큐 처분'을 강행한다. 500여 년의 긴 역사를 가진 류큐 왕국이 사라지고 오키나와 현이 탄생한 것이다.

류큐 처분 직후 류큐의 지배층은 일본 지배에 대해 소극적인 저항을 시도했다. 그러나 명치 정부는 구관온존舊慣溫存 정책*을 취하는 동시에 반일 저항 리더들을 엄격하게 진압했다. 그리고 본격적인 황민화 교육을 시행해, 류큐의 언어와 일상생활에 대한 모든 풍습을 경멸하게 하고, 향토적인 것에 대한 멸시를 조장하여 류큐 민족에게

---

* 엘리트 계급에 처분 이전의 권력을 인정하는 정책

열등감을 심어주었다. 학교에서는 '방언 패'**라는 벌칙을 만들어 학생들에게 일본어를 강제적으로 사용하게 했다. 류큐 전통연극의 대사도 일본어를 쓰도록 명령하고, 류큐의 역사를 가르치는 것에 반대해 류큐 역사 연구자도 박해했다.

1910년대의 심각한 경제 불황으로 류큐 사람들은 일자리를 찾아 일본 본토로 건너가게 된다. 일본사회로의 이주는 바로 심각한 차별의 경험으로 연결되었다. 신체적 특징, 언어, 성명과 같은 류큐 민족의 민족적 특성이 일본인에 의한 차별의 표적이었다. 1920년 전후, 관서지방의 공장에는 '사람 구함. 단, 조선인, 류큐인 사절'이라는 간판이 등장한다.

이러한 상황 속에서 류큐 민족의 의식은 자문화에 대한 긍정과 부정 사이에서 흔들리고, 때로는 비굴할 만큼 자신들의 문화를 비하하기도 하고 또 때로는 이상한 나르시시즘에 빠지기도 했다.

자문화에 대한 미묘한 의식은 학자와 문예가에게도 영향을 미쳤다. 야마노구치 바쿠의 시詩 「회화」에는 편견에 노출된 오키나와 사람의 미묘한 의식이 잘 나타나 있다. 출신지를 묻는 연인에게 주인공은 머뭇거리며, 자조적으로 고향을 떠올리고, 세간의 편견에 반발하면서 그러나 최후까지 '오키나와'라는 말을 꺼내지 않는다. 마이니치신문에 투고된 무명시인의 시에서도 오키나와 사람의 처지와 심정을 엿볼 수 있다.

** 류큐어를 사용하는 학생의 목에 걸어 수치심을 느끼게 한 나무판. 패를 벗기 위해서는 류큐어를 사용하는 다른 학생을 찾아내야만 했다.

오키나와 인과 일본인/ 메울 수 없는 거리/ 눈에 보이지 않는 벽

슬픔과 분노와/ 그리고 왠지 모를 열등의식

아아 나는 잊고 싶다/ 남쪽 바다의 그 조그만 섬

긴자의 사람들 사이에 섞여/ 나는 동경사람이 된 것처럼

조금 거드름피우며 걸어본다/ 그렇지만 전광 뉴스는

오늘도 오키나와라는 글자를/ 선명하게 비춰주고

도마 위의 생선처럼/ 나를 떨게 한다

일본인처럼 되는 게 근대화의 지름길이라고 생각한 류큐 인들도 있었다. 오키나와 학의 아버지라 불리는 이하후 유우伊波普猷는 류큐와 일본은 본래 한 뿌리에서 나왔다는 '일류 동조론日琉同祖論'를 내세워 류큐 민족이 자신의 정체성을 잃어버리지 않고 일본국민으로 동화할 수 있는 이론을 제공했고, 오키나와 최초의 신문인 류큐 신보의 주필인 오오타 쵸후太田朝敷는 '기침까지도 일본인과 똑같이 하라'고 역설했다.

일본의 황국신민화 정책은 1945년의 오키나와 전戰의 비극으로 연결된다. 이차세계대전 중 일본 정부는 오키나와 어의 사용을 스파이 행위로 간주하고, '그래도 너희가 일본국민인가'라는 문구를 만들어 류큐 민족을 전쟁 협력으로 내몰았다.

차별과 동화를 경험한 류큐 민족은 차별받지 않는 '일본인'이 되기 위해 천황에게 충성을 바치려 했다. 이 상황이 오키나와에서의 지상전을 가장 비극적인 것으로 만들었다. 전쟁 동안 전체인구의 25%에 달하는 20만 명 이상이 목숨을 잃었다. 그중에는 10만 명의

민간인도 포함되어 있었다. 섬에 남아있던 오키나와 사람들에게는 집단 자결하라는 천황의 명령이 내려졌고, 그들은 가족과 친족 단위로 집단자살을 하거나 일본군에게 살해당했다.

1945년 8월, 일본이 연합군에 항복하자 일본을 점령한 미국은 구舊 류큐 왕국의 영토였던 오키나와 현 및 아마미제도를 일본으로부터 분할, 신탁통치령으로서 군정하에 두었다. '류큐'라는 호칭도 다시 공식적으로 사용되게 되었다. 미국은 미국이면서 미국이 아닌 류큐를 통치했고, 오키나와 인은 일본인이면서 일본인이 아닌 존재였다. 국적은 일본이었지만 헌법은 시행되지 않았고 참정권도 없었으며 호적의 이동이나 도항은 제한받았다.

1952년 4월 미·일 평화조약 3조에 의해 오키나와가 반영구적으로 미군의 점령하에 놓이게 되자, 미 군정 초기에 일어났던 류큐 독립운동의 불씨는 '기지반대운동'으로 전환된다. 미군의 군사 통치를 반대하는 오키나와 인의 반反 기지운동은, 미군범죄의 증가, 반복되는 기지 피해, 미국의 베트남전 전면 개입을 계기로 '일본복귀', '조국복귀운동'으로 발전해간다. 류큐 처분이 '일류동조론'을 만들어 낸 것처럼 미 군정 지배가 '일본'이라는 조국을 만들어 낸 것이다. 오키나와 사람들은 일본은 오키나와에 있어 '조국'이고 '조국'에 복귀하는 것으로 자신의 모호한 지위를 해결할 수가 있다고 생각했다. 일본인이 되기 위해 지불했던 과거 1세기의 노력을 헛수고로 만들고 싶지 않다는 감정도 강했다.

오키나와 문제는 일본본토에서도 큰 주목을 받았다. 전후의 일본을 비추는 거울로서 오키나와가 체험한 수난의 역사와 현재에 관

심을 가진 본토의 지식인들, 나카노 요시오中野好夫, 키노시타 준지
木下順二, 오오에 켄자부로大江健三郎, 시마오 토시오島尾敏男, 타니가
와 켄이치谷河健一, 나가즈미 야스아키永積安明 등이 평론과 작품이
속속 발표했다.

　1972년 5월 15일, 오키나와는 그들의 바람대로 일본의 헌법 아
래로 복귀했다. 본토와 사회적 경제적 격차를 줄이기 위해 일본 정
부는 오키나와에 거대한 보조금을 투하했지만, 오키나와는 여전히
'세 개의 K', 기지, 관광, 공공사업에만 의존하고 있다. 아직도 미군
기지 면적의 약 75%가 일본 국토 면적의 0.6%에 지나지 않는 오키
나와에 집중해 있으며, 미군에 의해 재산, 생명, 일상생활이 위협받
는 현실도 변하지 않았다.*

　복귀에 대한 실망은 류큐 민족에게 일본인이 아닌 오키나와 주
민으로서의 민족성을 성찰할 기회를 주었다. 일본인이 되려고 하면
할수록 류큐 민족으로서의 자신이 새롭게 '발견'되는 상황, 여기에
오키나와 인의 고뇌가 있었다.

　이러한 사태를 깨달은 오키나와의 지식인들 사이에서 최근 토착
주의가 일어나고 있다. 오키나와 출신의 작가들도 자신들의 풍속이
나 전통적 정신세계를 주제로 다루는 경향이 강해졌다. 그들의 제시
하는 주제에는 오키나와 말, 오키나와 문화, 미군 기지를 둘러싼 전
쟁과 정치의 역사, 오키나와의 민속, 정신, 우치난츄의 정체성과 삶
등이 복잡하게 얽혀있다.

---

* 일본복귀 후에도 미군, 미 군무원에 의한 범죄는 4,700여 건이나 되며, 복귀 직후인
72년 9월에는 해병대 캠프 내에서 오키나와 청년이 살해당하기도 했다. 95년 9월의 미군
세 명에 의한 초등학생 납치, 폭행사건은 일본뿐 아니라 전 세계에 충격을 주었다.

304　오키나와 어디로 가나

오키나와가 배출한 네 명의 '아쿠다가와 상芥川賞' 수상자인 오오 시로 타츠히로大城立裕, 히가시 미네요東峰夫, 마타요시 에이키치又吉 栄喜, 메도루마 슌目取間俊들도 모두 오키나와의 정신세계를 다루어 주목받았다. 앞에서 언급한 두 편의 시에서 보이는, 자신의 정체성 을 지우려고 하는 심정은 현대의 오키나와 작가와 시인에게는 전혀 찾아볼 수 없게 되었다.

문화라는 것은 존엄, 가치관, 적응력과 창조력이며 인간 존재의 근원에 관련된다. 문화의 부정은 인간으로서, 또 민족으로서의 생존 을 부정하는 것이다. 류큐 민족이 체험한 동화와 차별의 역사는 류 큐의 문화, 자연숭배와 조상숭배를 중심으로 하는 우주관과 세계관, 신앙과 제사의 전통에 대한 부정의 역사이기도 했다.

토착 문화에 관한 관심과 긍지가 높아진 지금, 오키나와의 지식 인들은 자신의 정체성에 주목하고, 본토에 대해 일정한 거리를 두려 고 하는 자세를 보인다. 그러나 이미 그들의 일상 언어는 일본어이 고, 민족성은 급속히 상실되어 가는 상황이다. 자국어의 상실은 문 화적 정체성의 상실로 이어진다.

오키나와 인에게 당신은 누구냐고 물으면 그들은 '오키나와 사 람이면서 일본인', 혹은 '일본인이면서 오키나와 사람'이라고 대답한 다. 오키나와가 일본에서 완전히 독립해야 한다고 생각하는 사람은 전체 인구의 20%에 지나지 않지만, 여전히 그들은 자신을 '우치난 츄'라고 부르며 일본 본토인, '야마톤츄'와 구별하고 있다.

일본인이면서 일본인이 아닌 류큐 민족 '우치난츄', 그들은 뫼비우스의 띠처럼 연결된 두 개의 정체성 사이에서 지금도 분열하고 흔들리고 있다.

참고문헌

-沖 縄文化論の方法, 仲程昌徳, 新泉社, 1987年
-琉球,沖繩史研究序說, 山下重一, お茶の水書房, 1999年
-沖繩文化の広がりと変貌, 渡辺欣雄, 琉球弧叢書, 2002年
-日本 帝國の成立, 琉球,朝鮮,滿州と日本の近代, 山城幸松,
 日本評論社, 2003年
-경계의 섬 오키나와, 정군식 외, 논형, 2008년

＊이 글은 계간지 『경남문학』 2010년 가을호 특집 원고로 게재한 것을 수정한 것이다.

야마노구치 바쿠의 생애

명치 36년 1903년

9월 11일 오키나와 현 나하 구에서 출생한다. 본명 야마노구치 주사부로山之口重三郎.

대정 6년 1917년

오키나와 현립 제1중학교 입학. 3학년 때 실연 등으로 고민을 하고, 그림과 시작詩作에 관심을 가진다.

대정 9년 1920년

경제공황이 일어난다. 오키나와 산업은행 지점장이었던 아버지가 하던 가다랑어포 사업이 실패한다. 당시 지역 신문사에 시를 발표했는데, 류큐 신문에 게재된 항의시 「석탄」이 학교에서 문제를 일으킨다. 중학교 4학년으로 중퇴.

대정 11년 1922년

상경. 처음으로 본토의 땅을 밟는다. 일본 미술학교에 적을 둔다.

대정 12년 1923년

동경에서 생활하기가 어려워진다. 학비와 생활비로 고생할 때 관동대지진이 발생한다. 피해자들에게 무료로 제공되는 기차로 고향으로 돌아간다.

대정 13년 1924년

시 원고를 들고 다시 상경한다. 그러나 대지진 후의 동경에는 일자리가 없어 귀향한다. 오키나와 본섬의 친척과 친구 집을 전전한다.

소화 2년 1927년

세 번 째 상경. 직업을 구하지 못해 방랑 생활을 한다. 책 도매상, 난방 기구 만드는 일, 뜸 뜨는 일, 화물선 노동자, 약품 통신 판매원, 변소 치는 일 등을 하며 가난한 생활 속에서 시를 쓴다. 이때부터 야마노구치 바쿠라는 필명을 사용한다. 소설가 사토 하루오가 바쿠의 재능을 아껴 때때로 생활 지원을 해준다.

소화 8년 1933년

시인 가네코 미쓰하루와 알게 되고, 교류를 시작한다.

소화 12년 1937년

가네코 미쓰하루 부부의 중매로 이바라키 현의 초등학교 교장 딸인 야스다 시즈에와 결혼한다. 신주쿠의 아파트에서 신혼 생활을 시작한다.

소화 13년 1938년

첫 시집 『思辨の苑』이 간행된다. 사토 하루오, 가네코 미쓰하루의 서문을 싣는다.

소화 14년 1939년

동경부 직업소개소에 취직.

소화 15년 1940년

12월 『山之口貘詩集』이 간행된다.

소화 16년 1941년

6월 장남 시게야(重也) 탄생

소화 17년 1942년

7월 장남 사망

소화 19년 1944년

3월 장녀 이즈미(泉) 탄생. 12월에 2차 대전이 발발한다. 처가가 있는 이바라기로 가족을 피난시킨다.

소화 23년 1948년

3월 일가가 다시 동경으로 돌아온다. 네리마 구區로 이사. 이후 계속 이곳에 살게 된다. 10년 가까이 근무한 직업소개소를 그만두고 문필 생활을 시작한다.

소화 33년 1958년

『定本山之口貘詩集』이 간행된다. 11월, 34년 만에 고향 오키나와로 돌아간다. 체재 중에 각 학교를 돌면서 강연을 한다.

소화 34년 1959년

『定本山之口貘詩集』이 제2회 다카무라 고타로 상高村光太郎賞을 수상한다.

소화 38년 1963년 만 59세

3월 14일 위암으로 동경 대동병원에 입원한다. 4개월의 투병 끝에 7월 19일 영면. 오키나와 타임스 문화상을 수상한다.

소화 39년 1964년

12월, 유고 시집 『鮪に鰯』이 간행된다. 야마노구치 바쿠의 묘는 지바 현 마쓰도 시松戶市에 있다.

해설에 인용한 야마노구치 바쿠 작품 게재지 일람

「天国ビルの佐藤さん」 中央公論　1935년　1월

「関白娘」　　　　　　サンデ―毎日　1952년 1월

「祖国琉球」　　　　　新潮　1953년 5월호

「暴雨風への郷愁」　　毎日新聞　1954년 9월 25일

「貧乏を売る」　　　　小説新潮　1957년 12월

「詩とは何か」　　　　全響新聞　1958년 9월 7일~9월 21일

「貧乏を売る」　　　　小説新聞　1958년 12월호

「僕の半生記」　　　　沖縄タイムス　1958년 11월 25일~
　　　　　　　　　　　　　　　　　　　12월 14일

「水の話」　　　　　　朝日新聞　1960년　8월 2일

「牛との対面」　　　　産経新聞　1960년 12월 27일

「おきなわやまとぐち」朝日新聞　1962년　3월 30일

「消え去った婦人名」　太陽　　　1963년 9월

「貘という犬」『山之口貘全集』　第2巻　思潮社　1975년

「私の青年時代」『山之口貘全集』　第3巻　思潮社　1976년

시집 · 참고 문헌

시집

『思辨の苑』	むらさき出版部	1938년
『山之口 貘詩集』	山雅房	1940년
『定本山之口貘詩集』	原書房	1958년
『鮪に鰯』	原書房	1964년

참고 문헌

『山之口貘沖縄随筆集』	平凡社	2004년
井川博年 『永遠の詩·山之口貘』	小学館	2010년
山之口泉 『父、山之口貘』	思潮社	2010년
仲程秋徳 『山之口貘·詩とその軌跡』	法政大政出版部	2012년
松島浄 『沖縄の文学を読む』	脈発行所	2013년

해설이 있는 시집

오키나와여 어디로 가나

초판 발행일   2016년 4월 19일

지은이   야마노구치 바쿠
편역/해설   조 문 주
펴낸이   신 재 원
펴낸곳   좋은책
출판등록   제567-2015-000010호
주소   경남 창원시 성산구 원이대로 883-2
홈페이지   http://cafe.daum.net/GOODBOOKS
이메일   17mjcho@daum.net

ISBN   979-11-955070-4-7 03830(종이책)

이 도서의 국립중앙도서관 출판예정도서목록(CIP)은 서지정보유통지원시스템 홈페이지(http://seoji.nl.go.kr)와
국가자료공동목록시스템(http://www.nl.go.kr/kolisnet)에서 이용하실 수 있습니다.
(CIP제어번호 : CIP2016006468)